MAURER · BÄUME IM ROSENTAL

Universal Bibliothek

BELLETRISTIK

Georg Maurer

BÄUME IM ROSENTAL

Gedichte

1987

Verlag Philipp Reclam jun. Leipzig

Herausgegeben von Heinz Czechowski

ISBN 3-379-00078-7

Reclams Universal-Bibliothek Band 1181
1. Auflage
Umschlaggestaltung: Friederike Pondelik unter Verwendung einer Radierung von Sighard Gille
Lizenz Nr. 363. 340/21/87 · LSV 7005 · Vbg. 7,6
Printed in the German Democratic Republic
Grafischer Großbetrieb Völkerfreundschaft Dresden
Gesetzt aus Garamond-Antiqua
Bestellnummer: 6613283
00150

EDITORISCHE NOTIZ

Die Auswahl der Gedichte folgt der Chronologie ihrer Entstehung. Der Leser wird im Inhaltsverzeichnis auf die Titel der Zyklen und ihre Entstehungsdaten verwiesen.

GEDANKEN UM GOTT

1

Daß Deine geschärfteren Pfeile
mich mit wütendem Anprall durchdringen
und Deine bildende Hand
sorglos mich krümmt,
dank ich mit Aufschrei des Herzens.
Daß ich Dich Vater nenne
mit formenden Lippen,
ist einziger Trost
im Lärmen der Nacht.
Donnre, Gewaltiger!
Schone nicht mit lebendigen Blitzen
diese Erde, in deren Rippen Du faßt.
Greif in mich und münde im brausenden Herzen.
Achte der Blässe der Augen nicht
und ihren Notschrei übergeh im Wachsen der Nächte.
Übe des Wagnisses Letztes!
Meiner verwirrten Sinne Glut
– vermengt im Brauen des Neuen –
vergißt den sengenden Grund,
wenn die scharfen Nebel am Morgen
eisig durchs Fieber streichen
und die Form im Grauen sich hebt.

2

Mit der Gewalt des Todes
bezwingst Du uns.
Und Deiner Bilder Sprache
ist nichts als Vernichtung.
Unsere Zerstörung
liegt Dir am Herzen,
daß Du hebest
was übrig bleibt! –
Schaudernd sehn wir
die täglichen Dinge,
und sie starren
verloren uns an.

Unseres Da-seins
vertrauter Gedanke
schlägt mit des Fragens
siedender Hitze
uns am Antlitz
glühend empor.
Flammend brechen
wir in uns zusammen
und schrein im Fallen
nach löschendem Quell.

3

Wir gewöhnen uns an Deinen Mund,
und Deine allnächtliche Sprache
wird uns bekannt.
Deine Worte klingen milder
und der Zügel schmerzlicher Griff
deutet gewohnte Bahn.
Doch der gewaltigen Zwiesprache
ist nur fähig,
wer in Dir lebt.
Keins der Worte
darf ihm haften
und in seinem Herzen nisten.
Deine Sprache muß er vollenden
wie dem Gebirg
der Quell entströmt.
Dem ewigen Rat,
wie Du ihn täglich gibst
mit erznen Zungen
oder in alltäglichem Gewand,
horcht er und lauscht –
und scheidet die Klänge,
die andre betäuben.

4

Wer freien Fußes
über die Erde schreitet
und des Wunderbaren gedenkt –

dem wird die Freude des Herzens
immer fließen.
Selbstlos wird er
in die Dinge sich schicken
und ihrer Beziehungen Bild
wird ihn nähren.
Tausendfach mag er
das Herz ihnen gönnen,
doch des Geheimnisses Grund
nimmer verlassen.
Verschwiegen ruht er
wie im Schoß der Erde
und wartet der Kräfte,
die ihn beleben.
Jauchzend durchstößt er die Hülle,
reckt sich im Freien,
schüttelt des Schlafes Reste
von sich, zum Himmel gewendet,
seiner bewußt! –

DOCH NICHTS
ungeheurer, als der Mensch.
Denn der, über die Nacht
des Meers, wenn gegen den Winter webet
der Südwind, fähret er aus
in geflügelten sausenden Häusern.
Doch ihn hält es nicht als Herren der Fische,
und mit pflügenden Kufen verläßt er den gischtenden Boden,
die Flügel in Sonne zu baden und in den Kammern des Äthers
auf und nieder zu wogen.
Den Sausenden umblinden die Wolken, und die Blitze langen
tief unter ihm nach Beute.
Und die eigenen Schiffe sieht er, Fischen gleich, leuchten,
und auf die feindlichen stößt er nieder mit hämmerndem Schnabel,
Tod und Verderben streuend.
Er taucht unter die grünen Wogen, Geselle der Fische,
und irrt im finsteren Raum nicht,
des Unter-Gottes Gefährte – doch taucht er, wann er will,
auf aus dem Totenreich – und schießt ans Gestade,
darauf er geboren – und das er sichrer verläßt,
als einst die Götter geahnt!

UND AM TAGE DIE TOTEN … O Mutter, da du zum Bäcker
die Straße hinüberliefst, das schwarze Brot für die Kinder
fröhlich besorgtest – liegt auf dem Weg jetzt dein Sohn –
dunkel. Aber der Himmel ächzt auf – und schreiend
hindern dich Nachbarinnen, ihn zu bergen …
Hohlen Auges siehst du ihn liegen … des Hauses Rest stürzt,
und ein verkohlter Balken saust, trifft ihn, glimmt am Zeuge des Toten,
sengt sein blühendes Fleisch, das noch der Verwesung trotzet,
und du stürzt – entreißt dich den Armen der Weinenden – unterm schützenden
Torbogen hervor – zerstreust die glimmenden Kohlen – braun glüht's vor deinen Augen,
dunkel stäubt es, ascht's, aus den Augen wehrst du die Funken,
kriechst in Donner gehüllt mit dem dunklen Leib in Armen
über den bebenden Grund – zerrst – während Fontänen dich umtanzen –
und die himmlischen Pauken setzen ein, deinen Triumphzug zu feiern,
Mutter mit dem Sohne im Arm – aufrichtest du dich und fällst in das Becken,
das ein Schlägel sich in die Erde gerührt – und küßt den Lebenglänzenden auf die Lippen,
preßt ihn an dich – doch da schwirren die glühenden Schwalben
aus der Platane herab und küssen deinen toten Sohn,
bis er loht im Gezwitscher der funkelnden Blätter,
irrend verscheuchst du die Vögel, die in sein Haar sich setzen,
und den Verbrannten schleifst du weiter – bläst die Glut ihm von Wangen,
als wenn er fieberte wie einst in seiner Kindheit und du um ihn sorgtest,
brennst nun selber, und unterm Torbogen brichst du hin,
tausend Schwerter im Herzen, mater dolorosa,

in der Nische von Buschröschen umkränzt – und die Nachbarn knieen nieder,
sehen dich an – und schauen zum Himmel,
der in herrlicher Bläue wieder erstrahlt.

BRUDER, ICH LEBE GERN. Selbst da ich an der mondlichtüberronnenen Mauer
weggeben wollte das Leben, genoß ich den süßen Augenblick.
Ach, ich schalt mit Gott und zürnte ihm. Meine tränenübergossenen Wangen
glänzten mir noch – und er warf mir immer wieder das Leben zu.
Aber ich wollte den rohen Knechten entfliehn, die mich schlugen.
Doch er nahm mich noch nicht zu sich, er zeigte den Mond mir, der wanderte
hin am kalkbeworfnen Gemäuer – zeigte mir Bretter und Sterne,
ließ mich tropfendes Wasser hören – während ich sterben wollte.
Neugierige Mitbewohner schatteten hin – und es fiel auf die Erde,
da hin und her irrten in gedämpften Lauten die Henker und Opfer,
ein klärenes Licht – nicht ganz wie nach Regengüssen –
doch atembefreiend – und ich wickelte mein glühndes Leidknäuel
ab – und die entstrickten Füße begannen zu gehen
weg von der furchtbaren Richtstätte, die ich mir selber errichtet.
Bruder! warum bekennen wir uns noch nicht zu unserem Leben?
Warum lassen wir uns noch aufs Streckbett legen – wer drängt uns,
daß wir den fauchenden Untieren opfern sollen?
Es scheint mir, sie leben von unserer gläubigen Demut,
überfallen uns, wenn wir mitten im Gebet sind,

zerren uns weg aus dem Brautbett der Zukunft, darin wir selig lagen,
wie man Liebende überrascht …
und schreien „Sünder“ – die Heuchler!
Wollen wir ihnen den Zins nicht kündigen, denn unser Tribut allein
läßt sie ihre Paläste und unsere Zwinghäuser bauen –
Sie wären die Ärmsten der Armen ohne uns.
Ach, wir lassen uns schrecklich einschüchtern durch die Rufe,
als wäre Leben nicht möglich ohne Peitsche und Ketten und Treiber.

VON ALLEM HEBST DU EIN BILD AUF – von einem Baume,
sagen wir – von einem über Eck gestellten Würfel,
von einer Geliebten – ein Bild.
O diese Bilder – selbst von der Meduse!
Halt aus, Auge, halt aus, halt aus,
nichts darf dir zu grausig sein.
(Regan tritt das Auge Glosters aus.)
Hast du sie alle: die Bilder von der Welt,
von dir – der du dir ein Bild machst!
Die hältst du in deiner Brieftasche, wenn du willst,
klebst sie in ein Buch ein
oder hältst sie hinter der Stirne – alle die Bilder.
Kannst Dioramen aufbaun, kleine Bühnen.
Darüber spaziert Cäsar bis an die Säule des Pompeius.
Dann stürzen Cassius, Casca, Brutus mit dem Dolch
und stoßen zu – das war einst wirklich.
Doch Cassius rief:
„In wie entfernter Zeit
wird man dies hohe Schauspiel wiederholen
in neuen Zungen, ungebornen Staaten!"
In ungebornen Staaten, davon einer: der Staat Elisabeths,
als Shakespeare Julius Cäsar noch einmal schrieb,
ungeboren für Cassius noch – in neuen Zungen,
im Englisch Shakespeares. Brutus wußte es:
Wie oft wird Cäsar noch zum Spiele bluten,
der jetzt am Fußgestell Pompeius' liegt ..."
An einem runden Tisch schreib' ich dies auf
in einer den Musen bitteren Stadt Leipzig
und sage: „Mein Urenkel wird sagen:
Das schrieb mein Ahn in einer den Musen bittern Stadt auf."
Dann wird morsch sein der runde Tisch und vielleicht süß die Stadt.
Und mein Urenkel sagt: „Das schrieb mein Ahn auf
in einer den Musen bitteren Stadt Leipzig",
und wird sich den runden Tisch vorstellen im Bilde,
wie ich verschwommen mit klopfendem Gewissen mir vorstelle den Enkel.
Also gehen die Bilder durcheinander
und kreuzen sich in den Zeiten.

BILD IST DIE WELT IM BEWUSSTSEIN. Bild heißt:
noch einmal, wiederholen! Ja, im Bild: da geht's.
Aber wir wollen, Unglückliche, die Wirklichkeit wiederholen,
wollen eine glückliche Stunde noch einmal,
zwingen schließlich die erkaltende Geliebte,
uns wieder zu lieben, zwingen, die uns einmal klatschten,
immer wieder zum Applaus, drohn mit Spitzeln und Henkern.
Waren wir einmal mächtig, voll Geist und voll Leben,
wollen wir es immer wieder sein – und sind wir es nicht mehr,
so wollen wir doch, daß man uns bestätige
tags und nachts, unsre Bilder anbete, uns liebe,
und sei es mit matten erzwungenen Sklavengebärden.
Das Bild unseres Ruhmes von einst stellen wir vor unsre welken Glieder,
können das Bild kaum zitternd halten vor unserer Blöße,
bis ein starker Arm es uns entreißt und auf den Fliesen zerschmettert
und wir in aller Dürrheit im Wind der Lächerlichkeit klappern.
Darum ist es nichts, sich mit Bildern umstellen:
Potemkinsche Dörfer vor dem Leeren!
Im Bild wird die Welt. Aber hütet euch vor dem Bilde,
wie vor dem Buchstaben.
Wäre es nicht schrecklich: Wir öffneten die Augen,
ein Bild fiele hinein – und *bliebe*!
Wir liefen durch die Welt: Es wechselten Weiler, Brücken,
Flüsse und Berge – aber dies Bild *bliebe*,
verdeckte uns den Wechsel der Jahreszeiten,
das Kommen und Gehn.
Wahnsinnige, Verbrecher, Tyrannen sehen so:
ein Bild – starr!
Schließlich verdeckt es ihnen den Abgrund: Sie stürzen.

BEWUSSTSEIN MACHT UNS FREI, aber es stellt uns *entgegen*,
stellt uns die Welt zur Verfügung in Bildern, aber dort ist sie unwirklich,
erhöht uns vor aller Kreatur, aber macht uns einsam,
gibt uns die Erinnerung, aber gaukelt uns nur die Zukunft,
zeigt uns die Gesetze, aber nicht die Schöpfung,
macht uns zu Herren, aber nicht unsterblich,
macht uns wach, aber zeigt uns das Einschlafen nicht an,
beleuchtet alles, aber wird von allem ausgelöscht,
sagt ich zu sich und zu allem andern du.
Ach, das Bewußtsein schafft nichts, wie der Spiegel nicht den Strom schafft,
den Wald, das Antlitz, dagegen wir ihn heben.
Es zeigt uns an – aber nimmt die Müh uns nicht ab,
zu laufen, wenn wir ein Haus brennen sehn, und zu helfen,
den Mund aufzutun, die Zunge darin zu wälzen,
Vokale und Konsonanten zu bilden, wenn die Wahrheit nach Hilfe schreit,
nimmt den Gehirnwindungen die Anstrengung nicht ab,
Gedanken in sich zu wälzen,
nicht der Brust den Mut, in die Speere der Anfeindungen sich zu werfen,
nicht dem Leib die gedankensprengende Wucht,
geboren zu werden, sich zu nähren, zu kleiden und zu sterben,
erläßt uns nicht den morgigen Tag, darin zu bestehen,
der da ist Arbeit und Opfer und Arbeit.

DIE HÄUSER WÄLZEN SICH IM SONNENBAD,
waschen sich golden.
Der blaue Emaille-Himmel springt,
und durch den Spalt brüllt rund die Sonne
wie ein königlicher Löwe,
ein Wappentier des Lebens.
Die Dichter wollen ihre Hochzeiten verkünden,
tausend Hochzeiten mit Nymphen, Sylphen, Sibyllen,
mit Laura, Beatrice, Käthchen und Gretchen.

In den grünlichen gruseligen Grund steigen sie ohne
Taucherglocke,
die Meerjungfrau zu freien mit den Mondaugen,
mit den algenumwimperten unhäuslichen Blicken,
darin die Siriuspyramiden stehen wie Zuckerhüte.
Laßt sie Hochzeit machen, ihr orthodoxen Theoretiker,
sie brauchen eure auf Schienen laufenden Standesämter
nicht.
Ihr Leisetreter, sie streuen euch goldene Knallerbsen
auf die Bettvorleger. Glaubt ja nicht, daß das Weltall
zugrunde ginge,
wenn ein Tra-ra schief durch eure Ohren geht.
Tanzen die jungen Mädchen doch, wie sie wollen,
springen doch die Zicklein unberechenbar,
wenn ihnen die Sonne in der Wolle schäumt,
springen doch die Atome in der Nase
wie das steigende prickelnde Selterswasser.

DIE MENSCHEN HABEN DAS GROSSE THEATER
ERFUNDEN,
das donnernde Rund der Komödie,
wo der Gemeinschaftsbauch von innen gerührt wird
mit den großen Schlegeln des Lachens.
Groß springt die Nase aus den Kulissen hervor.
Der Narr amüsiert mehr noch als der Weise,
wenn er starr in der Luft stehenbleibt
und mit der Schere der Beine die Witze schneidet.
Die mondbusige Dicke mit dem guten Herzen,
um das sie ein Scharlachtuch wickelt,
lockt unsre Augen aus den Höhlen,
wenn sie ihre hausbackenen Ratschläge
mit dem Öle der Ewigkeit bestreicht.
Der Dünne, den die Melancholie vor einen gelben Hinter-
grund zeichnet,
tanzt vor dem aufgezogenen worterasselnden Wecker,
der immer falsch geht – sich aber nichtsdestoweniger
dünkt.
Wer schämt sich des Buckels, des Eierkopfes, der hängen-
den Lippen?

Jeder Mime drängt, ganz ganz ganz zu sein, was ihm die
Komödie vorschreibt.
Der Böse birst von den Lachsalven auseinander,
sucht die schwarzen Fetzen zusammen,
zeigt uns seine glatte breitwandige Büffelstirn,
hebt seinen Finger und schreibt auf solche lebende Tafel
langsam die Worte:
Bosheit ist Torheit.
Und er verschwindet zwischen den tanzenden Paaren.

FROHER MORGEN

Streckt euch, Zweige, erwacht!
Ich habe ein Ei gegessen und weißes Brot.
Mein ganzer Leib lacht.
Die Nachtsorgen sind tot.

Ich bin aus den Nachtsorgen gekrochen
wie ein Vogel aus dem Ei.
Ich habe die Schale durchbrochen
und spaziere jetzt frei.

Ich weiß jetzt, was die Hühner wissen,
wenn sie picken.
Ich weiß, wen die Raben grüßen,
wenn sie mit dem Kopfe nicken.

GROSSTADTFRÜHLING

Der Frühling mit seiner Palette
ist durch die Straßen gestürzt.
Er hat ihre steinerne Glätte
mit Gelb und mit Grün gewürzt.

Er verließ die Straßenbahngleise
und sitzt fast mitten im Wald
und schmiert zu Seiten der Schneise
das Grün und drüber Kobalt.

Doch dann am gefleckten Wasser im Winkel
malt er sich selbst, ganz wie er sich sieht,
verloren, ohne Absicht und Dünkel
und fühlt, wie er durchsichtig erblüht.

INTERMEZZO

Die Bäume können Flöte spielen.
(Die Vögel sind versteckt.)
Sie haben Pan geneckt.
Der muß im Gras sich wieder sielen.

Der aber steht verwildert auf,
nimmt einen Mast
und schlägt von Ast zu Ast.
Die Sänger schwirren auf.

Der brüllt: Ich weiß noch stets zu scheiden.
Hab ich es denn vonnöten,
daß ihr mir sagt: Die *Bäume* flöten?
Ich kann Vermengungen nicht leiden.

ERSTE LIEBE

Nicht die Rose, nicht die Katze
mit der fünfgeteilten Tatze,
über die ich, wenn die Kralle mild war, strich,
sagte mir: Ich liebe dich.

Nicht das Wehr, das brausend schäumte,
nicht das Wiesenland, das träumte –
doch der Mund, der überm Wiesenland
sich mir neigte, diese Worte fand.

Und die Rose und die Katze
mit der krallenmilden Tatze
und das Wehr, im Donner fürchterlich,
sagten jetzt: Ich liebe dich.

BEFREIUNG

Ja, ja, ja stürzen die Vögel schräg
in die Bäume durch die Lüfte.
Leichtgefiedert reiten Düfte
auf den Dünsten übern Weg.

Augen grünen, Hirne blauen,
und die roten Herzen tauen.
Funken ohne Ziel und Maßen
bummeln auf den Weltenstraßen.

Wiese greift von links mich, rechts mit Macht
hoher Wald: So bin ich eingefangen –
wie ein Mädchen eingehangen
zwischen Buben geht und lacht.

AN DIE BÄUME

Nun komm ich zu euch gelaufen
und sag euch: Ich bin gereift.
Zu Haus: von Papier ein Haufen
liegt tintenkritzelbestreift.

Die Schnörkel eurer Zweige
habe ich nachgeahmt,
und eure Blüten zeige
verpackt ich in wortenem Samt.

Das ist ein Schatz, ihr Bäume,
von dem ich in dem Winter noch
vor einem fressenden Ofenloch
begeistert und ganz trunken träume.

STRAUCH VOR MEINEM FENSTER

Wachse, Strauch! Zu deinem Raum
nimm hinzu noch meinen Blick.
Stoß getrost den Blütenschaum
in mein wartendes Geschick.

Nimm das Herz auch meiner Frau
und umwachs es wie ein Nest.
Feierst bald im Augenblau
meines Kinds dein schönstes Fest.

Wachs hinein in mein Gedicht:
darin sollst du nicht verkümmern.
Eher meinen Reim zertrümmern
will ich als dein Blütenlicht.

MAINACHTPROZESSION

Sie tragen alle die Weihrauchfässer:
der Moschusbock voran,
der Flieder lila aufgetan.
Dem Bären sagen sie: Besser,

du reihst dich hinten dran.
Denn *dein* Weihrauchfaß stinkt.
Der betroffene Bär hinkt
im Frühlingszug hintenan.

Sie schwenken die Fässer all in der Reihe
und duften aus Gefäßen und Fellen
ihre Inbrunstwellen
der Mainacht zur Weihe.

DER BÄR

Ich gebe keine Gewähr
für die Zeit,
wann der Bär
sich zum Sternbild befreit.

Seine Gelenkpfannen
höckern im Fell,
seine Lauscher spannen
beim Hundegebell.

Beim Brombeerpflücken
siehst du dich um,
zeigst den Rücken
rasch seinem Gebrumm.

DAS WALROSS

Ich sah aus den Wassern schlagen
das Walroß, den Reaktionär.
Es mühte sich unterm Barte zu sagen,
wie's unten im Meere wär.

Es mühte sich mit verkümmerten Flossen,
auf eine Felsbank gestützt,
den halben Leib vom Meere umschlossen,
das seine ganze Seele besitzt.

Es mühte sich immer zu sagen,
wie's unten im Meere wär.
Die Sterne, vom Lächeln getragen,
wandelten drüber her.

JASMIN

Die Jasminblüten haben ihr Boudoir
voller Himmelsspiegel offen.
Ich bin auf dem grünen Sofa wunderbar
von der Verschwendung betroffen.

Nichts leistet Widerstand.
Meine Lenden sind überflossen.
Als einzige Trennungswand
halt ich die Lider geschlossen.

Und durch die Nüstern dringt
der Duft in die Purpurhöhle
und durch die Poren sinkt
der Puder auf meine Seele.

SOMMER

So hab ich Frauen gekannt,
und dann verstrichen zehn Jahre,
weicher wurden ihre Haare
und lässiger ihre Hand.

Eine andre Bewegung war unter dem Kleid,
die Brüste einander vertrauter,
und die Glieder stürzten wie lauter
Gefälle aus Süße und Leid,

und die Wärme war bis an den Rand
und schied nicht zwischen heiß und kalt.
So warst du, Frühlingswald,
als ich dich im Sommer wiederfand.

AM FLUSS

Vom Uferbogen
schnellen die Wellen wie Pfeile,
in glitzernder Eile
von der Ferne gesogen.

Dann fließen sie wieder gemächlich
über dem Grund
und werden breit und gesprächig
wie redeweiter Mund.

Nun sind sie ein glattes Gesicht.
Doch laß dich nicht täuschen:
Die Fische spielen unter dem Licht
mit grünen Geräuschen.

SELBSTBILDNIS 1950

Den Tisch berührt nicht
an der Kante mein Bauch.
Durch die Nase wischt
mir nicht der blaue Rauch.

Mein Herz an der Blume pocht.
Aufknöpf ich die Rippen.
Die ganze Welt kocht
an meinen Lippen.

Meinen Freunden ruf ich zu:
seht, den ihr gekannt,
fand erst die Ruh –
in seine Haut gespannt.

DER BAHNWÄRTER

Der Bahnwärter in der Steppe
hat ein Radio auf dem Tisch.
Aus der blechernen Büchse
holt er sich den geköpften Fisch.

Seine Schuh kamen aus einer Schuhfabrik.
Seine Hose nähte eine Näherin
am fließenden Band mit flinkem Blick.
An die Wand hängt er einen Öldruck sich hin.

Wir fahren mit fremden Freunden in die Welt.
Über die Gleise donnern wir her.
Der Bahnwärter hat die Weiche gestellt.
Die Funken mischen sich mit dem Sternenheer.

DER STÖR

Als alle Kreatur lachte, sagte der Stör:
Ich hab für euer Lachen überhaupt kein Gehör.
Meine störrische Rüstung steht mir an.
Das Rückgrat sieht man mir von außen an.

Die Algen werden sich gewöhnen müssen
und die Fische in den meerwärts brausenden Flüssen.
Und ich gebe nicht einen Knorpel her
für das ganze auflachende Meer.

Und der Stör schwieg. Er wurde lang und alt,
vermehrte sich in verschiedenerlei Gestalt
und schenkt dem Weltall von Jahr zu Jahr
mürrisch und stumm den Kaviar.

FREUNDE

Sie setzen sich an den Tisch – einander gegenüber.
Ihre Leiber machen am Bauch einen Knick.
Die Schenkel ruhen am Sitz, dann stürzen sie über.
Die Füße empfängt der Boden wie eines Riesen Genick.

Sie schälen sich die erste Maske vom Gesicht,
die man wie einen Handschuh gegen Winde trägt.
Dann taut unter ihrer Blicke Licht
die Creme, davon die Haut beschlägt.

Plötzlich sind ihre Gesichter gesund
wie eines Bauernmädchens rote Backen.
Die Worte stürzen wie Äpfel aus ihrem Mund
und ihre Gedanken schlagen sie auf, so wie sie Nüsse
knacken.

NOVEMBERNACHT

Heut' jagt der Sturmwind und besamt
die nackten Bäume in der nassen Nacht.
Ich habe meinen Mantel aufgemacht
und halt ein Mädchen flügeldicht umarmt.

Ihr Pelz und Kopftuch und ihr Schal läßt nur
die glühnde Kohle ihres Mundes frei.
Sie glüht mich an und zittert doch dabei.
Ich nestle – und verwische meine Spur.

Ich schürfe mit der fiebernden Gebärde
des Goldsuchers und stoße heiß
auf ihre Brust mit meiner Hand von Eis,
als stieße ich ins Innere der Erde.

WARNSIGNALE

Vor dem roten Warnsignale
bleiben Straßenbahn und Autos stehn,
bis die andern unterm grünen Strahle
ungehindert durch die Kreuzung gehn.

Solche Sicherungen haben im Verkehr
Menschen schon vernunftbegabt getroffen.
Dies vor allem läßt mich hoffen,
daß man in dem großen Kreuzungsmeer

der Intressen ähnlich sich verständigt
und wie selbstverständlich seine Schritte bändigt.
Höchstens, daß man lacht, wenn einer herzdurchpfeilt
durch das rote Licht zur Liebsten eilt.

MEPHISTO IN DER WALPURGISNACHT

Wer antwortet der Wildheit, nimmt den Zaun
fürs Bett und – ohne unter meinen Hut zu schaun –
die Nacht für meinen Ausweis? Welcher Schoß
empfängt heut' ohne Wenn und Aber meinen Stoß?

Der Fluß bäumt übers Bett. Der Mond
brach aus dem Haus, darin er wohnt.
Und Grill' und Ameise begatten
sich unnatürlich dort im Schatten.

Ich habe nichts als Frechheit zu vergeben.
Und nenne schlau die erste beste Maid,
die stahlgezückten Blicks sich rasch das Kleid
vom Knie hebt, mein geliebtes süßes Leben.

WELTKLAVIER

Die Atome auf dem Weltklavier
spielen die symphonischen Entwürfe.
O wie angestrengt war ich auf Erden hier,
daß ich sie doch einmal hören dürfe.

In das Album klebte ich die Marken,
auf die Fläschchen die Vignetten,
las im Atlas all die starken
Namen von den Ländern und den Städten –

bis ich selbst, der ich erfroren war
und mich in mich selber staute,
plötzlich aufgelöst und klar
ganz in tausend Perlen taute.

ERDE

Erde, wenn ich mit dir rede, Newton im Kopfe,
doch im Herzen den Neger oder Indianer,
der das Ohr an deine Narben legt,
meine ich mehr als Märchen oder Metaphern.
Denn es ist mir nicht gleichgültig
und ist mit einer Notiz in der Zeitung
nicht behoben,
wenn der Mann mit den metallenen Flügeln
zu dir hinabstürzt und du deine Liebe
ihn mit zerschmetterten Gliedern büßen läßt.
Gewiß! mit wohlüberlegten Plänen,
mit dem Studium der Lüfte und ihrer Strömungen
sucht er dich zu überlisten.
Doch du auch nach formelhaften Gesetzen des Falles
reißt ihn hinab, sobald die kleinste Berechnung
dir widerspricht.
Soll ich dich noch an die Stürzenden erinnern,
die in den Alpen oder sonst,
wo du selber es wagtest,
deine Liebe mit aufgehäuften Graniten zu belasten,
kopfüber in deinen Schoß fallen und zerschellen?
Mich selber lehrst du den Schwindel
wie eine Versuchung,
mich in deine furchtbare Liebe hinabzuschleudern,
endlich aus diesem Rätsel eine Tatsache zu machen,
die an Rändern von Balkonen zum Spiel wird.
Gleichgültig ist es mir nicht,
daß mein vom Mark durchzognes Gebein
an dir zerschellt – denn ich weiß nicht,
ob aus der Zersplittrung
du mein Bewußtsein zusammenziehst –
und was denn aus diesem furchtbarn
Zusammenstoß heil bleibt.

FLÜSSE UND MEERE

Wie erwachen die Fluren an Smetanas Moldau,
und wie rein erfunden sind die Quellen
in Schuberts Quintett,
und die Flüsse alle, die Freunde der Menschen,
wie rauschen sie in der Erinnrung der Städte,
wie lösen sich die Sorgen
vor den tragenden Strömen,
und wie wirft sich die erhitzte Brust
an den Busen der Meere,
wie sind die Jauchzer ergänzt
in den blitzenden Wellen!
Gehst du dem Wildbach auf felsigem Wege entgegen,
schwebst du auf schwankendem Stege über ihm:
sprudelt das Rätsel,
umzischt die hemmenden Steine,
und das Geschehen strähnt sich
im schäumenden Gischt.
Nach einer Tiefe, vor der dir
schwindelt, eilt fröhlich
fischedurchtanzt und unverletzlich ein Wesen,
das du umarmen möchtest,
das du trinkst, daraus selber
du im rötlichen Blute bestehst.
Unfaßlich greifst du mit Armen,
die aus der Seele dir wachsen
wie einem indischen Gott unzählbar,
nach dem Element – und in dir klingt Bach
ohne Anfang und Ende,
und mit dem umschäumten Felsen Beethoven
rufst du
(selber ein Mensch,
mit gewaltigen Armen rudernd,
eine Insel suchend,
doch immer wieder getragen,
endlich die Flüsse begreifend
als eine nimmermüde Liebe):
Das ist das Meer!

FLAMMEN

Wenn die Winter schmelzen –
und der vereiste Plattensee
singt seinen Schwanengesang,
so daß der Regenbogen der Töne
den dunkelnden Wandrer betört,
sind die Feuer im Anzug:
die gewaltigen Nelken des Weltalls.
An den blauen Kitteln der Arbeiter
prangen sie mailich.
Aus den Mündern strömen sie
und schmelzen die Herzen.
„Feuer“, rufen die Hirten auf pfingstlichen Hügeln
über die Zeiten und Länder hinweg.
Die Liebenden liegen in flammenden Wiesen.
Auch der Verzweifelte greift sich eine der Rosen,
die im blauen Regen herniederfallen,
zündet sein erloschenes Leben an
und eilt nun wieder geschäftig
im großen Kreise der Lichter
unter Plejaden.
Es liegt das Kind am warmen Busen der Mutter,
es drückt der Freund dem Freund die erwärmte Hand,
und die Wangen der Hoffnung
blasen aus Resten von Asche
mit der süßen Gier des ewigen Lebens
unermüdlich Funken; Hände werfen
die Opfer der Zweige darauf.
Und sein Schicksal zwingt mit feurigen Armen,
durch die trübe Heimat gejagt,
Schiller, den Himmel ertrotzend,
und läutert mit brennendem Odem
das Gemeine der Zeit!

FLUTEN

An die Pfosten der Betten brandet die Nacht.
Die Schlafgewänder gegen die warmen
Glieder gespült,
treten die Mädchen mit nackten Füßen ins Element.
Schräg aus den Angeln gehoben
– mit zersprungenen Riegeln –,
werden die Türen zu Flößen auf den blauen Fluten.
Fensterkreuze dienen den greifenden Händen
beginnender Schwimmer in den steigenden Wassern.
Unbekannte werden zueinander getrieben,
halten sich jäh umschlungen
in den weißlichen Wirbeln,
und die Köpfe gegenseitig
über die Schulter gelehnt,
erspähen sie plötzlich fern, den sie meinen –
weggeführt im Tumult der widrigen Strömung.
In den rötlich gefärbten Wassern schwimmt Ophelia,
noch die Blumen im Haar,
den ertrinkenden Korb in der Rechten.
An dem Strand aber unter den Wolken,
die den Mond verdüstern,
steht Aphrodite weinend –
und ihre Füße netzt das Element.
Weggerissen von der Erde, nehmen die Fluten
sie wieder auf – und ihre Glieder erbleichen
grün zurück in die Wiege der Wasser.
Uferlos auf den Flößen treiben vorüber
Paare, die in einem großen Schiffbruch sich fanden,
wissend nur, daß der Atem des Lebens sie eint,
und die kalten Glieder sich gegenseitig erwärmend.
Also drängen sie in der Not der nächtigen Wasser
ihre fernen Sehnsüchte in den kalten Augenblick.
Aphrodite aber,
in geschlossener Muschel sich trocknend,
wartet auf den hellen Strahl der neuen Geburt.

GLUTEN

Mit glühenden Blicken
schaun die Gesellen des Schmiedes
seinem Weibe nach. Er führt sie
durch die riesige Schmiede.
Ihren zarten Fuß hebt Aphrodite
über die eisernen Wellen.
Schleierlos geht sie
zwischen den halbentblößten Männern,
deren rußige Arme glänzen.
Vor den tosenden Hämmern
steht sie. Das Amboßfeuer nistet rot
auf ihren Brüsten.
Lachend zeigt ein Geselle auf den Lilienrücken
der jungen Gattin: Fünfstrahlig steht da schattig
der rußige Abdruck der liebenden Hand des Gatten.
Zwischen den Kränen und Ketten fragt Aphrodite,
während alle Gesellen sich um sie sammeln,
verständig nach der Bedeutung der gezahnten Räder,
der surrenden Bänder – und die leuchtende Frau
läßt die Arbeit der Männer
im ungewohnten Lichte erstrahlen.
Maulfaule Burschen bilden
Worte auf schnellbereiten Zungen,
mancher, der sein Herz noch niemals
im riesigen Brustkorb gefühlt,
spürt in seinem rußgefüllten Innern
eine Taube sich regen.
Alle werden zu Helden vor ihr –
in ungekannten Kräften
trügen sie eiserne Schwellen
auf den glänzenden Schultern
wie eine Bambusbrücke leicht
für die Füße der Gattin
ihres Meisters. Wie das Wunder steht sie
zwischen ihnen
mit dem lieblichen Leib, der Amphora vergleichbar.
Nach der Decke späht heimlich der Gatte.
Dort hängt ein kunstvolles Netz,
klug erdacht von dem grübelnden

Hirne des Schmiedes,
Aphrodite beim künftigen Ehbruch zu fesseln.
Lachend sieht Aphrodite
mit freier Brust das Gebilde,
mißt es mit leuchtenden Augen
in seiner Quere und Länge,
und die Gesellen lachen inmitten
der sprühenden Feuer.

DAS STICHBLATT DER SCHAUFEL ZERBRACH,
das sich vor Zeiten in die Steppe grub,
den Weg der Sehnsucht zwischen den Strömen zu bahnen.
Mächtiger war der Wind als die Menschen,
und der Sand rieselte in ihr Bemühen,
und die unbarmherzige Sonne leckte den Schweiß auf,
und in das Werk der Menschen fiel zurück
der Samen vom Steppengras.
Und die Zeit feierte hier gleichmütig
und schaukelte windleicht auf unfruchtbaren Halmen.
Nur die Wolken flogen überm verwehten Graben
und brachten verhallende Botschaft
hin und wieder den Strömen,
die aneinander vorbeirauschten:
Ein Erinnern an vergebliches Bemühen,
eine Narbe am Herzen der Erde. – –
Das Stichblatt des Wortes zerbrach, mein Bruder.
Deine Musik hörte ich nicht,
und den Text verstand ich nicht.
Du rauschtest vorbei.
Und der Graben, den die Worte graben sollten,
füllte sich nicht mit dem segenspendenden Wasser
und wurde dein Grab:
verweht, verschneit, von welken Blättern bedeckt!
Die Wünsche kamen nicht zueinander.
Die Kinder kamen nicht zueinander.
Mit zerbrochenem Stiel in der Hand
stand ich auf rissiger Erde
und drohte selbst im Arm der Gewalt zu verdorren.
In Deinem Herzen aber brennt die Narbe, Mutter!

ANTIKE

Rosse und Triremen, durch Ebenen und Meere stäubend!
Sonnenheller Raub von Frauen und braunen Muskeln
(die für die Betten und Webstühle,
die für das Todesbergwerk Laureion!).
Auf das Glück setzend, hochmütig, im Unglück schreiend,
das Gewissen den Sehern zuschiebend in dunkle Worte,
vom olympischen Phallus gezeugt im silberwolkigen
Ehbruch,
zu Halbgöttern sich schwingend, die herrischen
Rossezüchter,
rasen auf der Kampfbahn um die grenzende Säule,
für den Ruhm den überall wachsenden Lorbeer sich
sparend,
den sich das Kind spielend windet. Denn das Gold
brechen ihnen die Sklaven.
Von Homer lassen sie den Vorhang rauschend aufziehn,
und in die Kulissen fällt das hellenische Licht: Tief im
Boudoir
sehen sie, wie die Göttermutter sich anzieht, um zu
verführen
den eigenen Mann und ihn so zu entkräften, daß er, der
Donnerer Zeus,
einschläft und sie die Geschäfte eine Weile nach ihrem
Sinn führt.
Und wie die Kinder im Zwist der beiden sich herrlich
balgen:
Ares die Schwester Athene „hündische Fliege" nennt, und
sie drauf
mit einem Ackerstein mächtig ihn niederstreckt, dem
Aphrodite
zu Hilf kommt! Doch mit der Faust stößt Pallas Athene
gegen die lieblichen Brüste der Schönen, daß sie ins Knie
sinkt.
Ach, da wurden sich Götteronkel und -tanten nicht einig.
Und Hera
schlägt der Artemis um die Ohren den Köcher, daß die
Pfeile schwirren
und die Weinende bei ihrem Vater Zeus sich beschwert:
der aber, gütig lachend, weiß diesmal von gar nichts.

Ach, unsterblich sind die Götter, auch wenn sie ernstlich
sich prügeln,
denn von Ambrosia leben sie. Doch wenn die Sklaven
spüren,
daß ihr Leid eine Grenze hat, gehn Ambrosia und Nektar
zu Ende
für die irdischen Herren, denn das niemals unbegrenzte
Leid nur
ist *ihr* Ambrosia und Nektar.

HANNIBALS ZUG ÜBER DIE ALPEN

Ach, die furchtbaren Signale
trompetender afrikanischer Elefanten
hoch am Hange des Mont Cenis,
die über das Eis mit dem stumpfen Fuß
hingleiten ohne Halt im Dampf des ängstlichen Atems,
wie die Felsen stürzen, grau in den Abgrund,
prallend gegen Vorsprünge, schreiende Massen,
nimmer wieder gesehen – während die Schabracken,
reich durchwirkt mit dem Gold aus spanischen Berg-
werken,
den sklavenbewohnten, am geborstenen Ast einer Lärche
hängenbleiben – die purpurnen Zeichen Hannibals!
Die schwarzen Rosse Afrikas, spreizend die Beine,
starren der niederhängenden Glätte entgegen am zerren-
den Zügel,
den der Libyer frierend faßt. Seine sehnigen Zehen,
gewohnt, den heißen Wüstensand zu durchspuren,
schwarz geschwollen nun, sind nicht mehr mit Salben zu
heilen.
Doch den Blick, der die eisstarrenden Zacken noch
spiegelt
wie zerbrochne Elefantenzähne, die den Schnee durch-
bohren,
reißt die Ebene plötzlich in italische heitre Gefilde.
Und die Händler in Karthago beim Bankett mit
spanischen Weinen,
die die Sklavenrücken und Höcker der Kamele brachten,

feiern Sieg um Sieg ihres Heers – und lachen, wenn sie
bedenken,
wie der einzige Elefant, der die Pässe lebend querte,
mit der hochgehobnen geschwungnen Nasentrompete
Schrecken einjagte den Römern – und an den festen
Mauern Karthagos
scholl das Gelächter wider – bis die Nacht kam,
da vom Meer aus ein Schiffer gegen den dämmernden
Morgen
einen kahlen bräunlichen Hügel sah bedeckt mit den
Ruinen Karthagos.

AUF DEM WENDELSTEIN

Herrlich wird die Geographie,
wenn du vom Atlanten den Blick hebst
und vom umwetterten Wendelstein
ausgebreitet siehst
die Tanzplätze der Sonne, die Seen
in der springenden Lust des Lichts,
der liebesverwirrenden: den Chiemsee,
die Ahnung dort von der Morgenseide der Starnberger Fläche,
über der die ferne Zugspitze traumhaft wacht,
die Majestät des Ammersees und in den Wettern der Farben
Lovis Corinths den Walchensee und den deine Brust
ordnenden Tegernsee – alles in liebender Ahnung.
Dort in der Ferne ahnst du
über dem ewig brodelnden Dunst des Lebens
die Frauentürme Münchens: ragend,
zu zeugen im heiter offenen Himmel.
Tön mir im Ohr, Kirchlein im Wilden Kaiser,
wenn du zur ewigen Ruhe läutest, die sterbenden Blickes
im Sturze büßten den Aufstieg in die Räume der Felsen und Winde!
Schwingt, Glocken, von den Kapellen und Kirchen all,
daß ich von solchem Rauschen gestützt,
wie die fahrenden Sterne von der eigenen Schwingung, nun begreife,
daß das Dach der Frauenkirche stürzte, die Säulen barsten,
die Orgel sank und die zerbogenen Pfeifen schrillten,
nicht von den Wettern der Alpen, sondern vom Kriege der Herren,
dem vermeidlichen – und wenn jetzt in weißer Keuschheit
wieder die Säulen steigen,
so ist der Umriß des Totenkopfes
noch immer nicht aus deiner Geographie getilgt, Deutschland.

ZWISCHEN WÄLDERN UND FLÜSSEN

Immer die Flüsse will ich, die bewaldeten Berge.
Ein Wedel von Duft und Grün und Dunkel
schlägt in das Fenster: Schwarzwald sag ich im Traum.
Und immer der Rhein,
der seinen Ruhm in die Wellen verwandelt
wie je nur ein Dichter seine Gedanken in Verse!
Was ist Gedanke daran, was Vers noch?
So strömst du, Rhein: breitbrüstiges Fließen alles!
Die Brücken darüber, wo der bewundernde Wandrer
aufgestützt am Geländer sich durchdringen läßt
von der Ahnung der ewig vorwärtslaufenden Wiederholung!
Dome sind sein verfestigter Lauf, der Menschen Ruhm,
den der Strom zitternd trinkt bei Speyer, Worms.
Städte rühmen den Rhein, der Rhein die Städte.
Vom Odenwald spür ich ihn, von der Bergstraße,
wo aus den lieblichen Gründen in mächtigen Schwüngen
wollüstig empor die Stämme in dunkler Nacktheit schnellen.
Immer spür ich die grünen Hügel, die Quellen,
diese moosige Bühne unsrer Geschichte. –
Blitze durchfahren das Land jetzt,
Züge gleiten auf Schienen,
Wagen auf weißen Bahnen,
Drähte durchziehn die Lüfte,
Kanäle die Erde, bewohnt ist der Himmel,
Antennen senden, empfangen.
Unter einem Dornbusch lieg ich,
öffne das Hemd für die Finger der Lüfte,
Morsetakte umspinnen mich,
wie im Lift durchfahr ich Vergangenheit, Zukunft.

KLAGE UND ZUVERSICHT

Wie trittst du in meinen Traum wieder, Deutschland!
Ach, der Stiefel, die Gerte
schänden deine Hand, deinen Fuß!

Nahmst du die Kralle, den Sporn wieder an?
Wie hatten die Gesänge
doch dein Antlitz verschönt!
Waren der Neckar, der Rhein
nicht zu Flüssen einer Menschheitsdichtung geworden?
War der Brocken nicht sagenumwoben?
Trugen die Häuser nicht schon die ewig glühenden Rosen
über den Türen: hier wohnte Herder, hier Klopstock,
hier in dieser Kammer in Bonn ward Beethoven geboren?
War Weimar nicht schon ein Olympia?
Und hatte die versengten, gebrochenen Rosen über den Türen
und hatte der Geistesfürsten eherne Särge
nicht dein Feind, wie du ihn nanntest,
wieder an ihre Stelle gesetzt,
nachdem du sie selber wegschobst, deine guten Laren?
Es mußten deine Hausgötter Schutz suchen
in verschneiter Holzhütte am Ural,
im undurchdringlichen Maquis.
Auf rußgeschwärzten Triumphwagen wurden sie wieder
in ihre Heimat gebracht, aufgestellt in den Tempeln,
den verbrannten – und die Säulen stiegen in eine neue Zukunft.
Hundert Arme schon streckten deine größten Söhne, Deutschland,
den Völkern hin – und die Völker griffen zu.
Nicht mehr kannst du dich aus dem Frieden der Menschheit lösen!
Jede sausende Gerte zerbricht in der Luft schon über dem Handschlag,
und der Sporn am vermodernden Stiefel rostet,
mag er noch glänzen wie faulendes Holz im finstern Wald.

GEWITTER

Durch die Sträucher an der rauhen Hauswand
fliegt das bekrallte Säulenpaar,
der Katze todeshämmernde Füße,
nach den blauschwarzen Blitzen der Schwalben,
die niederwärts gleiten vor dem Gewitter.
Wie Peitschen sind ihre Schreie, vor denen sie selber
fliehen.
Knöcherne Finger schlagen die ersten Tropfen
auf den Stein, die zuckende menschliche Haut.
Ein Paukenkonzert,
wo die Pauker schräg in den Horizonten sitzen,
dröhnt überm verdunkelten Saal!
Die Akazien drehn sich ergriffen,
als schlängen sie in den eigenen Stamm den Todesknoten.
Der Blitz schlägt nieder
auf der Tonleiter eines ungeheuren Krachens.
In der schwefelgelben Iris der Katze
steht die brennende Pappel.
Die Schläuche der Wolken zerreißen,
und Wasser stürzt nieder ...
Wie flötet die Amsel!
Die blasse Farbe der Malven
ziert die Emaille des Himmels.
Die Steine dampfen.
Mit dem Atem der Erde steigt das Herz auf und nieder.
Kaum merklich legt sich der Schleier
über das Antlitz des Himmels.
Der süße Weinquell eines Sternes
schimmert.

IN SÜDLICHER LANDSCHAFT

Unter dem aufgehenden, dem niedergehenden Orion,
unter dem fallenden Schnee, durch die Steinwürfe der
Kinder,
inmitten der aufragenden Speere der Knaben,
die unterschiedlich wachsen,

geheime Tauben in der Brust fühlend,
sie schützend vor den Schleudern der Jungen,
im erschreckten Auge Bilder der Straße haltend,
die durch das Fenster stürzen
(blutige Hände des Eifersüchtigen, schreiende Frauen),
den Spiegel der Bücher betrachtend
zwischen den Flüchen der Kutscher,
den an den Ecken ineinandergebognen Verliebten:
dringt er in das siebenmal aufgebaute Troja,
folgt Cäsar über den Rubikon,
während die Bauern unter dem Joch der Trage
ächzend die aufgetürmten Melonen,
die an den Füßen aufgehängten Lämmer
rufend von Hoftor zu Hoftor bieten.
Flügelnd wälzt sich der Truthahn mit durchschnittener
Kehle
in dem Staub der sonnenbebrüteten Straße,
wo das Aas des Pferdes tagelang liegt
und in der Gosse die steifen Katzen und Hunde ver-
wesen.
Von den Fliegen besucht, schnarcht der entblößte Bettler.
Die Gazetten schreien den Lärm der Welt in die Straße.
Völker beschimpfen sich, Opposition und Regierung.
Priester knallen den gegnerisch Wählenden nieder.
Staub und Sonne und Leidenschaft ineinandergeknäuelt:
darüber schwebt ein Frühlingsgedicht Mörikes wie ein
Falter.

IN DEUTSCHLAND

So gedrängt sind die Häuser, daß sie in die Höhe sich
zwängen.
Dunst schlägt auf den Treppen nieder, dem gewundenen
Eingeweide.
Aus den Flurtüren fließt zäh das eingesperrte Leben.
In den Stuben ist ineinandergespült das Strandgut, der
Hausrat der Väter,
verstaubt, zerbrochen. In Museen
sind die Jahrtausende präpariert, bezettelt, bezeichnet.

Gelblich kräuselt der Gischt und färbt das Barthaar der
Professoren.
Korinthische Säulen tragen den Architrav der Börse.
Über Biertisch und Tabaksqualm dunkelt das Kreuz-
gewölbe.
Tudortürme, berußter Stuck, schützen die Tresore.
Ägyptische Palmensäulen führen ins Kabarett.
Ineinandergestürzt ist das Gepäck der Menschheit,
wie wenn der Zug der Zeit plötzlich hält.
Und nun dreht sich der ganze Bestand:
Wagen rasen vorbei mit gedämpften Dreiklangsignalen.
Firmenschilder, eherne Platten, verdrängen einander.
Und den Vater sieht er fern, den großwüchsigen Mann,
sich neigen
vor dem feinen Herrn im Pelz, und die Mutter lächelt
dem Freier
ihrer Tochter zu, dem Prokuristen der Weltfirma.
Eingegangen ist Gott hier ins Geld nahtlos
und treibt so wunderbarer als je
diese Welt. Von Papierblumen blühen die Wiesen,
und Kontoristinnen wechseln die Kleider wie einst nur
Königinnen.
Heftig brennen seine Wangen im Wind.
Der Genuß der treibenden Bilder wandelt in Schmerz sich.
Ungeschickt sind seine Glieder zum Sprung in eins der
Gefährte.
Und mit Rilke in der Tasche weicht er in die wirklichen
Wiesen.

VOR DER TRIBÜNE DES FÜHRERS

Der Kehlen steifgoldne Verlängerung
erschreckt die Lüfte, die schreien:
Fanfaren blasen sich vorwärts.
Der Schlegel kunstvolle Figur, ins Leere gezeichnet,
endet im donnernden Wirbel.
Das Gleichmaß der fliegenden Schenkel
ist wie ein Auf- und Niederklappen von Kiefern,
die ihre Zähne in den Gleichmut des Asphalts schlagen.

In den wogenden Fahnen verschwinden die Köpfe.
In den Streit zwischen den Hungernden und den Satten,
in den Ruf der Betrognen, die vor den Banken sich stauen,
in die glühenden Farben der Künstler,
in die reinen Linien der Architekten,
in die Hoffnung der Dichter
donnert der Befehl:
Seine Glieder fühlt der Ladenbesitzer, der Postbeamte, der Lehrer
und hämmert den Tritt vor der Tribüne des Führers!
Alle in gleicher Farbe, mit gleichem Gruße,
eingehüllt in die Narkose der Wiederholung
von dem Glück des Lebens, das der Völkermord bietet,
bilden das Karree der Volksgemeinschaft:
des Gefängnisses aussichtslose Figur.
Von dem Fenster der Kammer, drin sich Bücher und Bilder türmen,
sieht er das Schauspiel, von dem er sich ausgeschlossen fühlt,
erschrickt ein wenig vor den Bäuchen, in die der Leibriemen schneidet,
und inmitten der brüllenden Entschlossenheit
wird sein nächtiges Antlitz ratlos.

ÜBERFALL

Mit den Bäumen wächst er. An den Brüsten des Mädchens,
diesen sanften Hälften der Welt, liegt er zur Nacht.
Jeder kennt des andern Heimlichkeiten wie die Zimmer im Elternhause.
So bewohnen sie sich gegenseitig und reden miteinander,
kaufen ein Bild, das ihnen gefällt, für ein zukünftiges Zimmer.
Er umarmt sie und baut in ihren braunen Augen
den Thronstuhl Gottes auf. Geheimes spricht er, sie hofft.
In die Welt horcht er. Sieht, wie der Italiener
Abessinien raubt, während das große England schweigt.
„Das ist die Welt." Wer zuschlägt, dem erliegt sie.
Aus dem Zimmer eilt er, betrachtet die Äste der Eichen,

wie sie in den Raum greifen. Vor den Stäben der Käfige
wandert er stundenlang. Die Pupillen der Leoparden
treffen sein Stirnbein und sehen durch ihn hindurch.
In die alten Sagen vergräbt er sich. Da steigen und stürzen
die Helden.
Ach, was hat er gehofft? Was ist dies Geheime
in seiner Brust? Die Zeitung will es nicht, die Verlobte
wird davon nicht satt. „Verdeck deine Scham", spricht er
zu sich,
„Zeig nicht, daß du mißraten bist, den brüllenden Helden.
Bewundre sie, von deren Namen die ganze
Erde erschallt. Ja, die himmlischen Tische
sind keine Fleischbänke für diese Welt. Der Kaffee wächst
in Afrika, der Tee in Indien ..."
Mit den andern springt er an den Tischen der Bierstube
auf. So gedrängt stehn die Gäste nicht, daß seinen Arm
er nicht heben könnte unter die niedre verräucherte Decke.
Und er
streckt ihn, während die Stimme spricht: „Die Grenzen
sind überschritten."
Seine Lippen tun sich auf, und er hört sich – stockend
zwar – singen.

VERÄNDERTE LANDSCHAFT

Ach, die Bäume wiederzusehn in den Gärten,
die verwildert waren, abgesteckt mit rostigen Betteilen,
morschem Blech, zu hüten den Kohl für die hungernden
Städter,
dennoch glänzten, frei vom Mehltau der heulenden Sirene!
Unschuldige Luft!
Überm Goldregen die unentweihte Bläue des Himmels!
Also ist es wahr:
Entschieden wird schon hier auf Erden
das Schicksal Macbeths!
Die stille Arbeit der Güte
gleich dem Schaffen der Mutter, ungepriesen,
hört er – und hofft. Seine Füße fühlt er gehen
auf der festen Erde dem Eichbaum zu, berührt die Rinde,

die Sprache ihrer Zeichnung fassend. Seine Brust
preßt er gegen den Stamm, am Widerstand
die Süße der Wirklichkeit kostend. Durch die eigene Wohnung,
der Küche sonntäglichen Glanz geht er. Der weiße Leib der Frau
ist fruchtbar. Aus der Unsichtbarkeit
tritt des Kindes Antlitz: des Daseins Knospe.
Ein Setzling ist auch das Wort, einst Schatten spendend.
Verändert ist der Gesellschaft Landschaft. Aus der Äcker
weithinlaufenden Furchen sind die Arme der Kraken gezogen.
Verendet liegt der am Rain – mit der Wollhandkrabbe
Geschwindigkeit zog ein anderer westwärts. Zwischen den verbognen
weithinlaufenden Traversen der eingestürzten Hallen
lösen mit Brennschneidern die Arbeiter
der Fangarme letzte Teile heraus. Gelöscht ist der Riesenspinne Figur.
Erinnerung bleibt der Kampf der Saurier in der tropischen Fülle.

STURM

Des Herzens Landschaft beginnt zu grünen. Die Reiser der Freude
öffnen die Augen. Quellend
suchen die Blätter die Räume der Zukunft,
zackig, rund, oval, farbig und glänzend.
Da schiebt des Bürokraten Amtstisch, das unselige Viereck,
wie der Zelle Fenster sich vor den unendlichen Himmel.
Vergittert atmen die Blumen. Die gewachsenen Schriften,
die das Leben künden, werden gepreßt in des Hirns Herbarium.
Farblos, ohne Saft, vergilben die Blätter. Das ausgestanzte Zitat
wird eingebrannt den lebendigen Körpern.
Die Wirklichkeit zuckt unter dem leblosen Prägstock.

Beim Abendbrot sitzt er der Frau gegenüber. Des Zweifels Schlangen
trinken das Blut seines Herzens. Heimlich unter der Jacke
reißt er die Tiere von seiner Brust. Doch die besorgten Worte der Frau
schleichen heran, vergiften das Getränk, das er ansetzt.
Der Freundin Mann kam nicht zurück, ungewiß harrt sie
monatelang. Ach, er will es nicht glauben. Gründe, Gründe
muß es doch haben! In dem Dunkel tappt sein Glaube
wie einer mit der Laterne im Sturm. Unheilkündendes Flüstern
dringt aus den Räumen des Friedens, fährt in sein behütetes Licht,
das hin und her schwankt, doch nicht ausgehn will. Ach, sein Geheimes
war doch Erde geworden, war doch sein Land!
Auf das Stöhnen der Wirklichkeit lauscht er, eng gepreßt an sie,
wie das Tier an die Erde sich preßt, wenn die blutigen Blitze
niederstürzen und die grellen, sich jagenden Wolken
ein unsicheres fahles Antlitz der Erde geben.
Aber gegründet ist die Erde, gestiftet die Lehre
von dem schöneren Leben wie die heitere Sonne
über begrabenem Sturm.

HOFFNUNG

Über den Dächern fährt die Sonne auf,
und der Sturm der Strahlen
bläst in die schäumenden Wolken.
Mit Bläue füllt sich das Fenster.
Hell genug ist sein Zimmer, in dessen Ecken
der Glanz fließt wie goldgekrönte Märchenschlangen,
daß er den Anblick ertragen kann der Gräber,
die sich, nicht unterbrochen von Meeren, über die Erde ziehn,
wo Mörder und Ermordete liegen
mit stummen Mündern, entblößten Kiefern

in den Stockwerken der Geschichte übereinander.
Aber der Dunst ihres Blutes
füllt die Luft, die er atmet.
Aus der Landschaft der Gräber steigt die Gegenwart,
seines eigenen Blutes Verästlung. Stoß und Gegenstoß
spürt sein Herz noch im Anblick des Leides,
das sich die Menschen antaten in den Zimmern der Geschichte
bis in die Kammern unsrer Epoche.
Aber abgerückt von der Bank der Spötter, der glaubenlosen,
hört er den gewaltigen Ansturm der Hoffnung
aus den tiefsten Verliesen der Vorzeit
wie den Luftstrom durch die Schächte des Bergwerks
in den letzten Atemstößen der Mutigen, der Gerechten.
Kein Tyrann noch herrschte nur über unempörte Herzen. –
Und von Asiens Treppen, die in den Stillen Ozean steigen,
hoch vom Pamir, der Sagenwiege der Menschheit, bis zu den Grachten
des Gegenmeers sieht er der Erde Söhne und Töchter
sich aus dem blutigen Netze mühsam und hoffend entstricken.

FLUG ÜBER DIE WÜSTE GOBI NACH PEKING

So wie das weiße Fleisch des Antonius
über der braunen Haut Kleopatras schmolz
und zwischen seinen Blicken und ihren Mandelaugen
Flotten hinschwanden, Städte und Reiche voller Zedern
und Flüsse,
daß nichts mehr blieb an Widerständen zwischen den
Polen
ihrer brennenden Leiber und der Raserei ihrer Seelen
außer dem stillen Kristall der Luft zwischen ihren Hälsen –
also steht auch der lautlose Schrei der Sonne
über der Wüste Gobi, der gesprungenen Haut am Leibe
Asiens.
Ein stiller angeheizter See ist die Luft zwischen unsicht-
baren Ufern,
und nur der Motor unsres Flugzeugs zittert wie einst das
Herz der großen Verstorbenen.
Wolken sind nicht in diesem Bereich zwischen Erde und
Sonne
als fruchtbare Keime von Möglichkeiten dunkelnden
Grüns.
Nur das Flugzeug bewegt über die Fläche seinen Schatten
wie die Erinnrung eines Kusses auf gestorbener Haut.
Schimmernde Fäden von leeren Karawanenstraßen
ziehn in den roten Staub des Horizonts und steigen zum
Himmel. –
Da brandet die Luft, in die Widerstände des Lebens
rüttelt sich der Körper des Flugzeugs. Wolken, Wolken
nach dem Kurzschluß der rasenden Liebe!
Zisternen unten blitzen mit lebendigen Augen
die Sonne an. Das Feuchte antwortet dem Feuer:
Möglichkeiten der Zeugung! Herden um die heißen
Gewächse!
Und der Berge Ufer! Noch trockene Runzeln von Rinn-
salen,
doch dann reißt der Spiegel des Stausees wie ein Jauchzen
den braunen Leib auf. Die Sitze, an denen wir uns halten,
schüttern.
Von den Bergen stürzt die Luft zurück, nun ganz in
Aufruhr.

Dort die Glasstufen der Felder, und siehe:
die steinerne Halskrause um die nackten Kehlen der Berge
leicht geschlungen, die Große Mauer, das zyklopische
Bauwerk!
Über den Sommerpalast mit den weithin grüßenden
Glasuren der Dächer,
den See, die siebzehnbögige Brücke
stürzen wir an das ackerbestickte Kleid der Erde
und rollen auf das weite Flugfeld vor den Mauern Pekings.

DON JUAN RECHTFERTIGT SICH

Kolumbus durfte landen. Newton mochte schlafen
am Herbstnachmittag auf dem Rasen seines Gartens,
während die Früchte klopften; wußte er doch das Gesetz,
nach dem sie fallen – alle, jeglicher Apfel.
Ich aber fand unter tausend Mündern nicht den Mund.
Jeder wölbte sich anders, jeder gab anders nach.
Wer gab mir die Formel für die Spannung der liebenden
Brüste?
Jede sank anders in meine Arme, wenn ich sie breitete.
Wo war das Gesetz, nach dem sie alle fielen? –
War ich nicht bereit, mit meinem Degen
Leib und Seele zu wagen gegen tausend Männer?
Wollte ich nicht mich jeder verbinden für ewig? –
Aber in die Ewigkeit schlug stärker
der Blitz dieser Augen, der Fall jener Haare,
trat eines Schoßes Wölbung wie ein nie gesehener
Aufgang.
Aufgeteilt war mir die Liebe, in keiner ganz und Gesetz
geworden,
in allen Mädchen erst ganz: von Spanien östlich und west-
lich.
Die Arme wollte ich breiten nach dem Schiffskurs des
Kolumbus,
Die Äpfel Newtons mit warmen Händen fassen, das
Gesetz zu erfühlen.
Tausend Mädchen waren zuwenig. Vor der Zeit noch
schickten
mich als gesetzlos die Väter, Männer und Brüder zur
Hölle,
selbst die Frauen, doch die – wie ich hoffe – nicht ohne
Tränen.

DER JUNGE GOETHE

Was seid ihr anderes, Wiesenblumen und Himmel,
die ihr euch anglänzt, als Widerspiel meiner liebenden
Brust,

und ihr Nächte, im rasenden Drehen gezeugt,
als der Mantel, der sie und mich verbirgt?
Liebt der stürzende Bach, felsenher,
dort weit unten in der behäbigen Fläche,
die ihn groß macht, anders den umzäunten Garten
mit den bäurischen Blumen, als ich sie liebe?
Wer kann mir wehren, den Gesetzen des Unterschieds
rasend zu folgen, wie der Eisberg in die flimmernde Hitze atmet
und den Wirbel heraufführt. Ja, den Elementen bin ich verschworen.
Und die Kühle brauch' ich wie der Samum
und die Wärme wie der südwärts streichende Passat.
Ach, Mädchen, mir stehen andere Worte zur Verfügung,
als die von der Kanzel du hörtest, um die Brust dir zu schwellen.
Siehst du, wie der Pfirsich blüht im Taumel der Bienen,
spürst du, wie der laue Wind in deine Kammer streicht,
wenn du auf dem Bett dich hin und her wirfst.
Ruhlos bleibst du,
meinst einen Augenblick in der Mitte des Alls dich zu fühlen,
aber umsonst, es zieht der Schmerz, es zieht die Lust dich
wie eine Pflanze aus der Erde, zurück in die Erde.
Aus deinem Leibchen drängt sich die Brust, der Schoß mir entgegen! –
Halte auf, wer kann, das Feuer aus dem Vulkan!

SCHILLER IN GEDANKEN AN GOETHE

Wenn das Glück zufällt, verdienstlos ist,
wie wenn der Gärtner aus der stummen Schlacht des Waldes
ein Bäumchen nimmt – und in die Mitte des weiten Rasens
setzt, so daß sich seine Sehnsucht
mühlos erfüllt – und noch der Blitz den schönen Wuchs umgeht –,
was ist dann mit der Sehnsucht der übrigen, wenn sie

Sprache wird – und die verletzten Keime und bedrängten Stämme
ins Bewußtsein starren – so wie der zerrüttete Mann
in den Spiegel sieht und weiß!?
Denn im Bewußtsein ist von alters her – und man sagt, von Gott sei's –
eine Gleichheit versprochen so stark,
daß es nicht leicht ist, nicht zu beneiden.
Das siegende Pferd beim Rennen überfallen die anderen nicht
und beten es auch nicht an – und es selbst läßt sich auch nicht
das Heu der anderen von diesen zuschieben in goldene Krippe.
Aber der Raum des Bewußtseins ist nicht solcher Natur.
Denn in ihm ist ein Anspruch auf Erfüllung für alle.
Und jeder will sein ein Gott, wer hielte sich aus sonst.
Nur der Glückliche will es nicht, sondern ist es, so natürlich,
daß ihn nicht rührt das bescheidne Gemach noch das Gepränge.
Warum darf er vollendet sein und so im Frieden
mit sich selbst? Was zwingt die andern vor ihm auf die Knie,
ohne daß er zwingt, und sie fühlen doch schmerzlich auf einmal,
daß sie hart auf ihrem eigenen Herzen knien.
Kümmerlich wär' es, zu sagen: Ich bescheide mich, nehme
mein Schicksal hin, ergebe mich. Groß aber, zu sagen:
Nicht der Mangel zeichnet mich, nicht die Verletzung meiner Lunge,
nicht dieser Umstand und der, nicht die Unvollendung voll böser Gifte,
nicht einmal die Anstrengung, mit der ich Gewalten stürze,
einzig die Liebe zur Vollendung ist meine Natur.

HÖLDERLIN

Aufgenommen in die verfestigten Wolken
der Heiligen, unauflöslich auflösbar
im Mantel der Worte!
An seinem Saum kniet selbst der Schalk ehrfürchtig,
der Heiligstes nicht verschont, und am weichen Stoßhorn
der Kappe
hängt die Schelle tief in den Abgrund
stumm wie ein goldener Fisch im blauen Ozean.
Auf dem Frankfurter Töpfermarkt klirren die Scherben
und kreischen die Weiber, durch die der Domestik
Hölderlin geht, zurücklassend die göttliche Susette
in den Armen des Bankiers. – Oh, die Schelle
Tills verstummt in der Tiefe ...
Und der mit Hegel stritt und in Schillers Schädel
sein Blut goß wie in die Schale des Grals,
zieht in Blitzen und Donnern,
sich mit Adlern vermengend und Wasserstürzen,
über den Ländern hin und her, fern der Geliebten,
und kann nicht zwischen Wolken und Felsen entscheiden,
nicht zwischen Weichsein und den Ohrfeigen,
die Napoleon an die Fürsten austeilt,
nicht zwischen dem Räuber der Helena
und den Liebenden, die ihre Sehnsucht verweinen.
Doch da bietet er an sein ehernes Stirnbein
provenzalischer Feuerwolke,
und verbrennend lehrt er uns,
wie Felsen zu flüchtigen Wolken
und flüchtige Wolken zu ehernen Bergen werden.

MÖRIKE

Im stillen Garten geht Mörike, verwundet von Peregrina,
die er von sich stieß. Alle Kirchtürme läuten.
An den Klöppeln schwingen die kleinen Teufel in Kutten
und lachen,
weil sie den Pastor so trafen, der nun nicht fröhlich mehr
wird

ein Leben lang. Zwischen den eckigen Blättern der Platanen
sieht ihn Peregrina an. Er fühlt in den Händen die Gräser,
legt sein Herz an die Blumen – doch es hört nicht auf zu bluten,
denn nach Peregrina sehnt es sich, der schönen Sünderin,
die ihn liebte und die er geliebt hat und lieben wird ewig.
Doch er stieß sie fort, denn er wollte lieber Christ sein als Mann.
Doch Peregrina läßt ihn nicht los, er küßt sie wild in Gedanken,
und sie küßt ihn wieder, doch dann kehrt sie sich ab.
Ach, was hat er getan, wie will er rechtfertigen,
daß er so an seinem Leben sündigte. Welches Gebot
befahl ihm, krank zu sein und Peregrina zu wissen
irgendwo in der Ferne, ohne Behausung.
In die Hände legt er sein Haupt, und die Tränen rinnen
zwischen den Fingern öfter als Töne fallen
von dem Kirchturm des Dorfs. Und als die Wellen nun gehen
von den Glocken und die Abendluft schwingt vom Dröhnen,
reckt sich der Körper des Mannes, der geworden wäre
ein Dichter ungebrochen und mächtig voll Zukunft.

DIE JUNGE MAGD

Seht, wie der Bauer den Grenzstein heimlich verrückte,
nachts in den Garten des Nachbarn schlich
und den Fruchtbaum durchsägte,
der die Zweige in den Himmel des Bauernhofs streckte –
wie er die Magd beim Haar zerrte, in das Stroh warf
und am Tag ihr brüllend befahl, die die Frucht barg unter dem Kittel,
bis die schmallippige Bäurin sie schlug.
Die bleichen Krallen des Huhnes schwammen in der salzigen Suppe,
die die Magd am Ende des Tisches schweigend löffelte,
des Pfarrers Wort bedenkend von Schande und Sünde.

Die Ahnin warf wie versehentlich den Eimer mit Milch
um,
den die Magd vor den Stall stellte – und zischte,
sich in den Brunnen zu werfen,
wenn man das Mißgeschick ihr nicht glaube,
so daß der Bauer dazwischenfuhr. Der Knecht aber führte
mit gebrochener Fessel das Pferd von der Tränke.
Denn er rächte sich so am Bauern, der die Magd ihm
entehrte,
daß er ein glimmendes Scheit dem Roß in die Nüstern
stieß.
Wahnsinnig rannte es in den Wald und brach sich das
Bein.
Unter den hohen Kissen des Bauernehbetts lagen Geld-
strumpf, Gebetbuch,
und die leeren gekalkten Wände der Stube
atmeten Kühle wie der Kapelle Gewölbe.
Am Weinhang aber lagen des Bauern Sohn und die Magd.
Und er tröstete sie, warb mit erstickten Worten ...
Doch dann erhob er sich,
ging allein durch den Wald, der ihm gehören sollte,
hielt am Tag die Hand der reichen Nachbarin mit der
Hasenscharte –
und vor dem Altar wuchsen die Höfe zusammen.

DIES HEITERSEIN! – Dein Gang die Treppe hinunter,
wenn du mich entläßt: Die Stufen zwingen dir den Takt
auf,
und du nimmst ihn leicht wie die Tänzerin
die Schritte des Tänzers, daß selbst die Stufen enthüllen
deine Schönheit im Spiel deiner Hüften
zwischen Flug und Fall!
Gern geh' ich hinaus in das Schneelachen der Winternacht
und halte dem krachenden Eise
den Beifall meines Herzens entgegen.
Mit den Gebärden eines Mimen,
der die Tiefe seiner Rolle fassen will,
greif' ich in die großartige Höhlung der Nacht
mit den schmetternden Lichtern. Und ich zieh' die alten
Figuren
der Sterne nach. Denn einzeln betrachten mag ich nur
den oder jenen,
am liebsten sie aber verbinden.
So sitz' ich mit Alkor auf der schleifenden Deichsel
und halte das Bellen der Großen Hundes aus.
Und die Milchstraße ist meinem Auge so befreundet
wie der Weg am vereisten Bach zu dir.

WIE STAUNTE ICH EINST über die Sonnenmaske der
Lüchsin
und den Gang des nordischen Tigers im Schnee,
den Einklang von Weichheit und Stille, darunter die
Raserei
zufällig schläft. Und ich schwankte: Ist das die Vollendung
oder die schreckliche Larve, die uns berückt? –
Der schießende Blick der Eule: wohin reicht er?
Und das Kostümfest der Fische in den Korallenwäldern –
liegen wir dort in den Armen der Schöpfung?
Ach, das rinnende Licht deiner Hüfte weckte mich.
Deine Locke strich ich zurück, die deine Lust verbarg.
Dich sah ich an – und auf der Brücke unseres Blicks
spielten wir die Feste – und die Masken setzten wir uns
vor

und nahmen sie ab – und lachten. Und Lachen war die Erscheinung
des Geistes unter all den Larven herrlichster Erfindung,
Lachen das menschliche Zeichen der Wirklichkeit.

WAS DICH DURCHFÄHRT und was mich durchfahren hat:
Eine Heilung ist – die Liebe!
Und deshalb nennen wir das Weltall das große Kunstwerk,
von Liebe erdacht. Ist unsre Kunst doch nur möglich,
weil wir von fahrenden Sternen, von fahrenden Flüssen,
von den bewegten Wolken, von den windgehorchenden Wipfeln
uns selber erfahren – und das Nest der Liebe,
mit Kunst gebaut von den reisenden Vögeln,
die die Erschöpfung über dem salzigen Meer erfuhren,
nichts anderes ist als das Nest, aus dem die Sonnen fuhren. –
Ach, der Leim des Unverstands, seine traurig-listigen Netze,
das Gefieder zu fangen auf dem Flug nach der Wärme!
Wir aber wollen listiger sein.
Jede Falle soll hinter uns ins Leere schlagen,
und das Getöse der sich selbst fangenden Fallen
soll unser Ohr nicht betrüben. Wir aber reden leise
Worte von solcher Liebe, daß Blut und Blut sich anzieht
wie Quelle und Meer.

DIE LUFT IST ERFÜLLT von den Bildern der Liebenden.
Weltstädte sind gehüllt in den Duft einer einzigen Frau.
In die rauchigen Bahnhöfe zieht er. Riesen-Avenuen
münden in ein einziges Fenster.
Landschaften bewegen sich zur Geliebten
wie die Rücken der Herde
zur Tränke. Die Tür zur Geliebten
bewegt sich in den Angeln der Welt.

WENN ICH IN DER STADTBAHN neben dir sitze,
wir mit lachenden Knien uns verständigen,
ich den schmutzigen Aschenmast betrachte,
der mir aus der Zigarre wächst, bis er zerstäubt …
so zeichne ich dich doch immer in die Lüfte,
als flöge Venus in schwarzen Strumpfhosen
über den Kuben der Häuser, die Elfenbeinbrüste frei,
blendendes Weiß und blendendes Schwarz –
Hinter den gläsernen Wänden auf durchschimmernden Treppen
steigst du, bis der Gruß deiner Schritte
verklingt … Und immer zeichne ich dich in die Lüfte
noch über dem Stoß meiner ungelesenen Bücher.

DURCHSCHNEIT IST MEIN HAUPT, durchsommert.
Wie durch Fenster
fliegen herein die Sterne, der Mond. Ein See,
darin die Berge auf Gipfeln stehn,
ist meine Seele.
Ein Mädchen, geht die Vergangenheit durch mich
in die Zukunft. Wo beginnt Welt, wo ich?
Wer ist aufgelöst in wem?
Aber meine Stimme hör' ich. Welche Mischung
von Sinn und Luft?
Wie ist das Wort ein Zusammenprall,
eine Berührung von Brust und Brust,
ein Getöse vergangener Schlacht!

FEST IST UNSER FLEISCH und zerreißbar,
schwer sind unsere Knochen und leicht zu zerbrechen.
Nicht immer rollen auf Schienen der Harmonien unsre
Züge.
Und der Tod eines Kindes ist schwerer als der Himalaja.
Was sagen wir der Mutter? Wie heben solche Last wir?
Was soll das große Wort? Kann es die Stützen halten,
die der Bergsturz knickt?
Wir bedecken die Häupter der Erschlagenen
und versöhnen die Erinnerung mit dem blutigen Augen-
blick
in Akkorden der Trauer.
Den Toten noch geben wir Leben!
Wenn nicht Lüge ist der Schrei der Verunglückten,
die der Tod knebelt, daß furchtbar die Ruhe
eintritt – warum soll Lüge sein
die Liebe der Lebenden: Sie aber ist
das hohe Wort, das nicht zu ersticken ist
seit Menschengedenken. Wir geben Leben und Liebe
der Sonne, dem Mond, den Bergen, den Flüssen, den
Toten,
die da sind und treiben durch uns auf ihre Weise,
in Tiefen, die unsere Lote nicht gelotet,
aus denen wir kommen, in die wir gehen.
Unsere Augen sind verzaubert wie bei Liebenden,

die sich gegenseitig nennen: Mein Leben!
Und das ist das Unsere! Und das lassen wir uns nicht nehmen,
nicht vom Unglück und nicht von den Mördern.

IMMER WACHSEN WIR HINEIN in die luftigen Entwürfe.
Das ist unser Platz, und da ist immer Platz.
Da ist keine Widerlegung durch Ellbögen.
Platz war vor der Bastille, vor dem Winterpalais,
im windschiefen Häuschen in Gohlis
für die Freude von Millionen.
Es ist ein Geist in uns,
der schweben läßt die Sternstraßen,
als wären sie Bänder,
mit denen Mädchen ihre Haare bändigen.
Ein großer Platz ist unser Verzeihen,
ein unendlicher unser Verstehn und Humor.
Dort laufen zusammen aus den Straßen des Lebens
alle Bewohner, auf dem sonntäglichen Markt
kommen sie zusammen – und wollen die Vorstellung sehn,
die immer neue und doch geboren aus der Erinnerung,
wie wir in Kindern, die nicht waren und da sind,
die Züge der Eltern enträtseln und uns freuen,
daß ein Neues da ist und doch bekannt.

DER WALD

Die Leute schrein: Der Wald! Der Wald!
Da ist ein Wald! – Der Schnellste rennt
und keucht zurück. Und jung und alt
(und nicht der Wald) vor Neugier brennt,
daß er den Wald, den Wald beschreibt,
bis jedes Mund weit offen bleibt.
Vorm Kenner jeder sich verneiget – –
Der Wald steht schwarz und schweiget.

HERBSTWALD

Ich sah drei Greisinnen im Herbstwald gehn.
Zwischen den Knochen und den tiefen Falten
konnt man das Fleisch zu Geist vergehen sehn
und auf dem Geist die Haut sich schwebend halten.

Von Blättern ist die ganze Luft besetzt.
Und sie gehören nicht den schwarzen Ästen.
So mit der Haut der Greisinnen ist jetzt
der Geist bedeckt wie Luft mit Blätterresten.

FELDSTEIN

Auf den Stein, noch wenig sonngewärmt,
legt ich meinen und sie ihren Schal.
Saßen aneinander so gedrängt,
daß sich Bein mit Bein genau besprach.
Bein an Bein weiß mehr als ich und du ...
Als wir standen, rückt ich übermütig
fort den Stein, auf dem wir so versanken:
schrecklich wimmelten dort die Gedanken.

WENN MAN GEDANKEN SATT HAT

Nebel füllt mein Auge.
Strichregen
spinnt mein Herz ein:
Fadenspur der Gedanken. –
Laß den Löwen gelb sein!
Aus dem Gitter der Koordinaten
schwirrt, Kolibris!
Wenn ich dir begegne, Liebste,
sollen in deinen Brüsten
zwei Herzen sein,
die so schlagen,
wie die verrückten
Spechte hämmern.

GEBURTSSTADT

Die kleine Stadt, wo ich geboren bin,
stand um mich: ein gesteiftes Kinderhemd
um einen Kinderleib, der ohne Arg
geschehn läßt, was man ihm auch überstreift. –
Wenn ich jetzt durch die alten Gassen geh,
zieht sich das Pflaster in sich selbst zurück.
Die gelbe Haut der niedern Häuserreih
hängt wie ein Rock, der mir nicht angehört ...
Dort ist das Tor! Dort hab ich sie geküßt!
Die Pflastersteine schmelzen plötzlich auf.
Die Häuserhaut, ein Rock, wirft sich um mich.
Den hab ich nie im Leben abgestreift.
Der wuchs mit mir wie meine eigne Haut.

METAPHYSISCHE AUGENBLICKE

Leicht bin ich wie Zwischenräume,
diese unangreifbaren Leeren,
wo die Salamander schlüpfen,
die die Feuer nicht versehren.

Heiter zwischen Flammenpunkten
wandle ich auf grünen Weiden,
wo man die Zusammenstöße
nicht mehr kennt und nicht die Leiden.

GERICHT

Das Geflecht zwischen Vollendung
und den Unzulänglichkeiten
ist so dicht, als ob erst beide
sich die Möglichkeit bereiten.
Ach! daß ich davon nicht heile:
Schlechtesten Gedichten teile
ich die Aufmerksamkeit wie den besten,
süßem Kern so wie den Schalenresten.

IM BADEZIMMER

Noch das Fingernägelschneiden
will sich mir zum Takte fügen,
wenn aus Horn die Sichelmonde
bleich durchs Badezimmer fliegen.
Hin zur Schere, hin zur Schere
spinnt die Muse meinen Faden,
den die Parze so wie ihre
Fingernägel kappt beim Baden.

PREISLIED

Der Tod will die Augenfenster aushängen
und die Ohrtüren mit dem winzigen Spion.
Wie Bauarbeiter, die ein Haus abreißen,
um Platz zu schaffen für ein neues,
geht er vor. Den Ofen, der noch warm ist,
tragen sie ab. Aber noch bleibt mir

ein Tag und eine Nacht, bis die Wände stürzen.
Lieb soll mir sein, dazustehn
ohne Schloß und Gardine, ohne Bücherregal und Sofa
und den gelben Mottenkreis der Tischlampe,
preisgegeben den Blicken und Schritten
trotz dem Pappschild „Einsturzgefahr",
schauriges Asyl den Kindern und Liebenden.
In die abgestandne Phantasie der Tapeten
soll der Regen seine erregenden Konturen schreiben
und vor dem Wind nun niemand die Fenster mehr schließen.
Und wer hier übermütig ruft, soll sein Echo hören
und fliehn. Denn preisgegeben preis ich,
wenn in der Luft die Wände auseinanderbrechen,
gegen die Herrschaft der plötzlich eindringenden Leere
im letzten aufzuckenden Staub noch preis ich
alles, was baut.

KRÄFTE

Wie Katzen sind die Kräfte im Weltall.
Auf dem First ist feuriges Geschrei,
wenn sie sich paaren.
Außer sich sind sie im Streit,
und der Abgrund nimmt sie
lautlos auf.
Aber wenn sie spielen oder ruhen,
sieh das Werk
der geschmeidigen Glieder
und die erstaunlichen Lichter!

DAS SCHÖNE

Das Todumrissene nennen wir schön.
Wo sähen wir sonst Konturen?
Unser Trost ist ein Übergehn
von schönen zu schönen Fluren.

Unser Glaube ist, daß Zerfallendes wir
uns formen zu neuem Vergnügen.
Das Sägemehl aus der Puppe hier
will dem Kind als Reitbahn genügen.

Nur laufen soll das Werk. Das ist uns Sinn.
Schön saßen die Götter in den Sphären.
Schön ziehn im Weltraum die Menschen hin.
Das Schöne – zwischen Blut und Zähren.

IM GARTEN

Am Tisch sitz ich im Konstruktionsbüro
aus Laubwerk – der Materie gegenüber.
In ihre Augen blick ich, wo die Zeit
als Anfang und als Ende sich zurücknimmt.
Durchs Zaunloch schleicht die Katze hin und her.
Die Schwalben segeln, und ich seh sie so,
als wenn sie eine ewige Zeichnung wiederholen.
Doch sind's die Schwalben und die Kinder sind's
im blauen Kleid am Frühstückstisch. Das ist
der Augenblick, der Blick im Auge der Uralten, die
– so schläfrig sie auch sein mag –
niemals ihre Lider schließt.
Offene Augen hat sie immer, woher holten sonst
die Rosen ihre Zeit und ihren Segelraum
die Schwalben? Dort, dort fliegen sie,
dort stürzen sie, dort falln die Blätter dieser
prächtigen Rose. Und mein Herz, das schon
gegen die Adern heftiger drängt, es schlägt
in ihrem Auge, wenn sie auch mit keiner Wimper zuckt.
Mein Bild schwimmt jetzt in ihrem Blick, als wär es immer
schon dort gewesen. Aber jetzt erst, wo ich ihr
so gegenübersitz, ist's da, daß ich mein Spiegelbild erfass'
und aus dem Spiegel heb – und wie sie selber sehe.
Sie aber sieht sehr gut, wenn ich die Augen schließe.

KANN MAN KLASSIKER ÜBERHOLEN

Kann man den Kreis runder machen als rund?
Wohl enger und weiter, aber nicht vollendeter als vollendet.
Die Zirkelspitze der Homeriden fühl ich im Herzen.
Der Zirkel beschreibt auch meinen Kreis.
Denn aus dem Aug der Uralten gibt es keinen Ausweg.
(Wer ausbricht, bricht sich das Genick.) – Es ist vollendet,
rund, ewig und jetzt – und beschreibt immer neu sich,
was ihm auch in den Weg kommt, das rollende,
umwälzende. Und keiner kann sich entgegenwerfen.
Davon zeugen die Gräber –

dort brechen sie auf – im Augenblick:
Und wir sehen Geschichte.
Wie sich alles fügen mußte dem Stromkreis,
dem nie unterbrochenen! Ihm gehorchten
die Zerbrochenen, ihm die Vollendeten.
Denn die Alte schaut immer sich selbst,
und nur wer *sie* schaut,
schaut endlich sich selber
(und dafür gibt sie ihm Zeit).
Also standen die Klassiker immer
Aug in Aug mit der Materie.

TURM ZU BABEL
(Verwirrung der Sprachen)

Sie strichen die Ziegel und brannten sie. Über den Grund-
mauern
flügelten schon die breitwandigen Pfeilerbögen. Gegen
Abend besonders
konnte man meinen, es seien Schulterblätter vom Mammut
oder vom Behemoth eingerammt senkrecht ins Schwemm-
land.
So schatteten sie erstaunlich. Und schultern sollten diese
den Turm, der den Himmel einnähme, so sagten sie
in gemeinsamer Sprache, die Baumeister und Kärrner, die
Mütter und Kinder.
Denn ein Zeichen sollten die Menschen haben, wohin sie
auch gingen,
von überall sichtbar. Einen Namen wollte sich die
Menschheit machen
endlich nach der Sintflut. Und als der erste Ring gelegt war
über den Pfeilern mit schönem Rundgang zur Aussicht,
verstanden
sich noch alle, denn greifbar waren die Worte Ziegel und
Bogen,
selbst der Satz „Hinauf geht's zum Himmel" unmißver-
ständlich,
wenn auch ein Drang nur, aber von den offenen Mündern
ablesbar,

denn der Turm wuchs, zu dem alle staunten und Hand
anlegten.
Und als der zweite Ring gelegt war und dann der dritte,
war nach der Nacht,
in der weithin alle das gleiche Schlaf- und Liebeslied
sangen,
ein Riß zu sehn. Die einen verdeckten ihn mit Worten,
die schon die andern
nicht mehr verstanden. Dann stürzte der Turm.
Einen halben Tag hielt sich der Staub überm Geschehen.
Dann legte
auch der sich. Der lange Riß des furchtbaren Schweigens
unter den Menschen
war auch schon nicht mehr deutbar: wie nun der Bau der
Sprache
einstürzen würde nach solcher Erfahrung, denn furchtbar
mischten sich die Trümmer mit den gespenstisch ragenden
Resten.
Von einer Gruppe zur andern schlich einer, sammelte
Brocken,
warf sie den Ratlosen zu, stopfte den Mund der Schluch-
zenden,
lag erschlagen zur Mitternacht. Den Turm, den Himmel
zu nennen,
verboten die einen, den anderen blieb
der Riß im Gedächtnis, die dritten tauschten schon
Sturz gegen Turm und ließen dem Herrn den Himmel
und zogen.
Etliche blieben am Ort und sannen, was an der Bauweise
nicht gestimmt haben mag, und bewahrten die alten
Worte der Menschheit.

WORT UND EICHE

Die Stufen Grün, auf die die Sonne tritt,
sich setzt, hinauf-, hinuntersteigt!
So ist der Wald gebaut, so bau ich ihn:
Stamm hinter Stamm, Stamm neben Stamm.
Ich such das tonnenschwere Sein der Eiche

mit einem Ruck mir auf die Schulter der Gedanken
zu heben: denn noch einmal soll mit ihren Strängen
sie wurzeln – und ganz braun soll ihre Rinde
das Wort mir gerben, ihre Lohe soll wie Zimt
mich überrieseln. Dort, wo sie verwundet ist,
wie Totenmehl es aus der Höhlung rinnt, will ich begrei-
fen, wie
man bis zur letzten Stunde aufrecht steht.
Denn das ist nicht ein Aufrechtstehn aus hohen
Gedanken nur – im Anblick schöner Abziehbilder.
Das ist das Auffangen des schweren Sonnenballs tagtäglich.
Er gleitet abends durch das Blätternetz, als hätte
ein Mädchen ihn beim Korbballspiel glücklich geworfen.
Das ist ein Trinken – und ein Widerstehn und Zucken
der feinsten Zweige – und ein Abschied-nehmen-Können
von Früchten, die ihr nun nicht mehr gehören.
Die letzten Eicheln klopfen bei der Erde an.
Die alte Eiche hört das Klopfen – und sie weiß:
die Erde tut sich auf. Sie mißt sich mit
dem letzten Sturm – und fällt.
Und von den aufgesträubten Wurzeln rinnt
der Sand, als weinte noch um sie die Erde.

ARBEIT UND TOD

Arbeit und Tod: die zwei Protagonisten
standen sich immer gegenüber auf der Bühne
unserer Welt. Das Drama eilt nun hin zur Lösung.
Die mit dem Tod Beschäftigten (nicht mit dem eignen)
versah bis jüngst noch der Tragöde
mit Pfeil, Dolch, Gift, Brandfackel, Pulver, Nitroglyzerin
und Geld. Noch waren Sieger und Besiegte möglich.
Noch blieben Sklaven, die den Herrn
stützten und nährten. Und wir lesen
bei Brecht, als wäre uns der Star gestochen, daß
der große Cäsar einen Koch
auf seinen weltberühmten Zügen bei sich hatte.
Die andern mit dem Tod Beschäftigten, ihn himmlisch

begehrenswert zu machen für die Glückberaubten:
es mußte sich ihr Himmel noch auf Säulen stützen,
die sie nicht selber brachen aus dem harten Felsen.
Und jedes Volk hatte so seinen Fürsten, seinen Glauben,
die es beschützten vor den andern Fürsten, andern
Glauben.
Die Völker arbeiteten – waren nicht so unterschiedlich.
Es hoben sich die Silhouetten der verschiednen Himmel
(Domturm, Moschee, Pagode, Tempel) über gleichen
Rücken.
Da waren auch die Herren plötzlich nicht so unterschied-
lich.
(Gewiß! die Fürsten stürmten einst zum Raub in wilder
Schlacht voran
furchtlos, die spätern saßen sicherer. Und die den Tod be-
gehrenswert
einst machten, wahrlich! sie begehrten ihn auch mehr
als alle Huld der Welt, die spätern minder.) Aber Raub
und Himmel, mögen sie sich nennen, wie sie wollen,
sind Teilhaber des Tods. Der aber ward
total jetzt und bedroht
noch seine Helfer.
Und Raub und Himmel stocken
erstmals in der Geschichte.

HARMONIEN

Wär ich im Urwald, wäre ich ein Kolibri …
(Die Zeile schlag ich vor für einen Schlagertext).
Ich aber leb in Leipzig, wo Sebastian
die Orgel schlug mit Händen und mit Füßen
als Gegenschlag zum Pfeilschlag in des Heiligen
Sebastians Leib. Schlag gegen Schlag!
Dort Schmerz, hier Töne …
So war es. Doch so wird's nicht immer sein.
Und nichts wird immer sein. – Ich springe auf,
denn meine Füße sagen's besser als mein Kopf.
Wir schlagen wie das All, das All schlägt so wie wir,
daß eine neue Harmonie sich vorbereitet.
Gewiß, ich bin der ärgste Laie, der
nicht Noten lesen kann, noch schreiben …
Doch wickelte ich um meine Ohren Morgenlandgewebe
aus Beethovens Sonaten. Schön, o himmlisch schön!
Doch selbst die Harmonien sind Eintrachten
in Trachten. Und die Schleier wickele
ich ab. Ich gehe ohne Kopfbedeckung.
Und den gekrümmten Wall des Horizonts
rollen die Paukenschläge Bruckners wild hinunter.
Und in den Haaren fühl ich eine Wärme.

STUNDE IM APRIL

Statt Scheibenglas Aprilwind! Kommunikation
zwischen der Sonne und dem Kinderlachen,
das an Tapetenwände brandet. Pater familias
ist guter Laune. Viersterniger Kognak hat
die Panzertür des Unterbewußten
ihm aufgeätzt. Und der Bakterien
nimmt sich die Sonne unbarmherzig an.
Denn stets mit der verfluchten Büchse steht Pandora
geschminkt im Zephir, uns zu irren.
Öffne die Büchse, daß wir nicht an Neugier sterben!
Denn gegen Neugier ist kein Kraut gewachsen,
doch gegen alles, was du in der Büchse hast.

Die Kinder lachen. Ach, der Vater krankte,
solang er glaubte an die goldene Zeit.
Nun sieht er, wie in der Aprilluft frei
ewiges Licht die ewigen Bakterien erstickt.
Und lacht. Ansteckend. Denn ansteckend ist
Gesundheit. Und die Kinder treibt er in die Sonne,
damit er ruhig diese Zeilen schreibe,
abstrakte Zeilen. Aber nicht durch Scheibenglas,
durchs offne Fenster wälzen sich ihm Lichtwelln
von Nachrichten, orange und rot und violett,
ein Brausen, so als schriebe jeder jedem
auf bunten Postkarten, die morgens in den Kasten fallen,
das Wort vom Guten, Schönen, Wahren:
Es ist *in* dir, du bringst es ewig hervor.

KUNST

Natur! Doch unsre Liebesnacht beginnt schon
zwischen verräterischem Knacken angepflanzter Büsche
mit Flüsterprosa, längst von Dichtern
vorformuliert: Aus Kunstgewebe schält sich
die Brust der Liebsten, duftend; wenn es angeht:
Pariser Seife. Zwischen Stellwerktürmen, wo der Bahn-
beamte
die Klaviatur der Hebel so beherrschen muß wie je
ein Künstler, geht die Hochzeitsreise, oder
im Tacken des Vergasermotors durch die Unterführung
zur Überführung. Für das Kind im Mutterleib
sorgt die Natur, doch nicht ohne Beratung. Endlich
ist's da! Und die Geliebte brachte es hervor.
Der Mann … er taugt nicht zum Gebären,
so macht er etwas. Und er machte Macht
jahrtausendlang: Kurzschluß, verderblichster,
so unnatürlich wie des Weltalls Selbstmord.
Doch Kinderwagen machen, Reihenuntersuchung,
Bauklötzer, Ratschen, bunte Bilderbücher
ist Etwas machen, Kunst, ja der Natur Natur!
Kunst der Erziehung einer Menschheit zwischen
Atomsprengköpfen noch, doch schon von Köpfen

auf Sklavenleibern, Pariaschultern vorgeübt
und von Gelehrten, die in ihre Taschen
nach Brotresten, nicht nach Pistolen greifen:
Kunstgriffe übten sie, wie man den Frieden macht:
die Weltschöpfung des Menschen, höchste Kunst!
Sie ist *in* dir, du bringst sie ewig hervor.

SCHERZO DEUTSCHER SPIEGELSCHRIFT

Der Fisch schwimmt. Wir drehen's um und sagen: Schiff.
Und wo wir's nicht tun, bleiben wir unmenschlich.
Wir sagen Tod und töten uns.
Können wir tot in Spiegelschrift nicht glücklicher deuten?
Heißt tot, wie wir's auch drehen, immer tot?
Doch daß tot tot bleibt, ist das nicht ein Glück? ...
Muß aber Leben immer Nebel bleiben
in deutscher Spiegelung?
Den Spiegel her: da steht der Kaiser immer nackt
in immer neuen Kleidern! Fallen wir denn immer
auf Spitzbuben herein, die Luftgespinste weben,
und sehen nicht, daß in den wechselnden Gewändern
der Kaiser immer nackt bleibt? Sollte nicht aus dumm (lies tum)
Mut werden endlich, wahre Spiegelschrift?
Zu sagen das, was ist! Wird dann nicht nackte Dummheit,
die furchtgeborne, mutig an den Webstuhl selbst sich setzen
und statt der luftigen Nebel Leben weben?
„Seht, welch ein Muster, welche Farben!“
schreit statt der Spitzbuben dann Volk und Kind,
das noch im Märchen rief: „Er hat ja gar nichts an.“
Und niemand trägt des Kaisers Schleppe mehr ...
Ach, haben wir's genug bedacht?

KIND UND ZICKLEIN

Halt deinen Finger gegen das Licht, Liebste.
Freundliches Rot umfließt den Schatten. Knochen
ist der Schatten, Gerüst, das uns trug
zueinander. – So anders
klingen die dringenden Laute deiner Sprache,
so eifrig, als könnte ihre Schnelligkeit mich erreichen.
Mit Nachsicht hör ich zu. Doch Ungeduld kräuselt
deine Nase: du spürst, wie ich in die Wellen deines Atems
mich verliere, statt der phantastischen Flotte zu folgen,
die sie tragen. Vielleicht seh ich noch die Ladung
der Schiffe, wenn sie gelöscht wird. – Plötzlich folg ich
deiner augenblitzenden Stummheit: ein Kind auf der Uferwiese
spielt mit einem Zicklein. Mit gesenktem Kopf läuft es
gegen das Kind und stößt es um. Das Kind lacht vom großen Spaß.
Das Zicklein läuft fort, wendet und wartet, bis das Kind
aufgestanden ist aus dem Gras. Mit gesenktem Kopf
läuft es gegen das Kind, das umfällt und lacht,
springt fort, wendet, und das Kind wartet …
O diese Anmut! Goldener Pendel am Himmel!
Du siehst mich an. Und ich versteh, wenn du sagst:
Kind und Zicklein. Ich wiederhol die Laute deiner Sprache,
die Sprache der Dinge!
Ihr aber, wenn es soweit sein wird,
daß die Dinge im Griff des Menschen sind,
gedenkt unrer
mit Nachsicht.

NACHTGESPRÄCH

Der Tisch mit Aschenbecher und Kognakgläsern ist in die
Nacht gesunken.
Unsere Haut hundertäugig schaute nach innen
auf die Glut unsres Gebeins.
Das Nachtgewitter hat sich verzogen. So
gewachsen sind wir nicht immer den Sternen. Jetzt
könnt ich dir zeigen, wie die Menschen erstmals
aufrichteten einen Stein. Den Wahnsinn
mußt du dir bewahren ein wenig. Sonst verstündest du
nicht
den rasenden Tanz, als die Steine standen im Rund.
Dann über die aufrechten Steine legten sie waagrecht
den Stein! Das war ihnen wert tausend Gebetbücher.
Sie bauten und bauten. Hörst du? – Ich höre. – Sie bauten
Gefängnisse! – Wie? – Ach,
du verstehst nicht. Sie hatten sich gefreut wie wir,
da wir umschlungen lagen, als sie sahen,
daß Stein sich auf Stein hielt! – Ich verstehe. –
Sie bauten Gefängnisse. – Ja! – Ja, ja, sagst du,
aber sie hatten heilige Häuser gebaut, das Wunder des
Hauses,
darin das Gefängnis versteckt war von Anfang.

ACH, WOHIN …

Ungeheuerlich
fallen wir in die Zukunft. Doch das
ist uns nicht schnell genug. Schiffsschrauben
treiben donnernde Blüten
hinter uns. Und bewegter
ist das bewegte Meer.
Ach, wohin
stürz ich immer schneller
in süßer Angst, mich nicht zu verwirklichen?
Wann kann ich schrein
das verweilende Ja,
angekommen beim Magneten,

der mich seit meiner Geburt will?
Beweg dich, schreit er mir zu.
Im Schwarm der Minuten treib ich,
Sternbündel der Sekunden im Seesack der Erinnrung.
Komm, hör ich ihn lachen,
greif dir nicht mit bremsender Hand ans Herz,
in den Tod muß man fliegen, um nicht zu sterben.
Hiß, wenn du keinen Motor mehr begreifst,
deine Haut am Fels. Dies alte Segel
verschmähen nicht
die modernsten Stoßwellen des Alls.

GEISTERBAHN

Ich fuhr in die Nacht der Geisterbahn.
Geöffnetes Fleisch, geplatzte Venen.
In den Kurven Köpfe nicken und höhnen.
Schleier wehn. Ich faß sie nicht an,
Die Freundin hat sich an mich gedrückt.
Ich lache Mut, wenn sie erschrickt.
Doch dröhnender lacht der rote Bauch.
Wir fahren vorüber und lachen auch.
Wir wissen nicht, was kommen wird.
Wir fahren nur einmal die Geisterbahn.
Wir legten dreißig Pfennig an.
Mehr hatten wir beide nicht.
Was kommen wird, wissen wir doch.
Ich meine nicht das Ausgangsloch.
Was auf uns kommt, auf das sind wir gekommen.
Was uns mitnimmt, hatten wir mitgenommen.

TRÜBE STUNDE

Mein Herz verläßt mich, springt mir nicht bei.
Einen Arzt brauch ich. Der könnt mir wohl helfen.

Schuldig ist er und nennt es krank sein.

Lippe liegt auf Lippe wie Zentner auf Zentner.
Wie soll ich leben als Stummer –

Alles hat er zu sagen und nennt es stumm sein.

Die Sonne seh ich nicht und den Mond nicht.
Was soll ich auf der Welt als Blinder –

Er scheut sich zu sehn und nennt es blind sein.

Das Jahr ist zu End, und das End ist nicht gut.
Man soll seinen Tag nicht loben vor dem Abend.

Neujahr ist, und er nennt es Jahrend.

LEONARDO

Mit einer Scheuerfrau
hat Leonardo da Vinci
mehr gemein als mit seinem Bewundrer,
der an der gebückten Frau vorbei
grußlos die sauberen Stufen
hinaufwirbelt.
Sie reckt sich, stemmt ihre nackten Arme
in die Hüften und ruft ihm nach: Guten Tag, Herr!
Er dreht sich um,
als hätt er sie nicht gesehen,
diese quantité négligeable
mit Brüsten der Pomona,
die ihn anlacht aus dem Wettergrau
ihres Lidspalts.
Das gewissenslasche Gaumensegel
flattert ihm beim Gegengruß
weinerlich fast, während er schon
den Saal betritt, wo er den Hörern erzählt
von Leonardo, dem Sohn der Dienstmagd,
dessen Auge nichts entging –
nicht einmal die Flügelschwenkung des Sperlings
in der unsichtbaren Strömung der Luft.

DAS FELL

Der Tod zieht einem das Fell über die Ohren
und läßt es liegen, der Törichte!
Dem Knochenmann genügen die Knochen.
Damit klappert er auf dem Jahrmarkt.
Die Leute brauchen das Fell, heben es auf.
Das schmiegsame, sich anpassende
schneidern sie, schustern sie, wenden sie.
Die Furcht sitzt in den Knochen. Mein Fell,
solang ich leb, will ich einfärben,
modisch nicht, doch erfreulich
für das schnellebige Aug auch,
wenn ich nicht mehr bin –
so daß die Leute sagen: Seht, da liegt ein Fell,
das können wir brauchen,
wenigstens den kommenden Winter.

THEORIE UND PRAXIS

Zwei Männer liegen im Gras um die Nebelstunde.
„Du, unsre Nasen sind nicht gleich.
Das ist nichts Besondres. Mir aber scheint es
sonderbar. Einmal hat sich alles geteilt
und ging seinen Weg. Dort! der Mann im Nebel,
er sammelt Reisig. Rühr dich nicht.
Wenn er zu uns käm, ich könnt nicht
reden mit ihm … Sag,
wie benimmst du dich zu Fraun? Die Fügung
ist immer die gleiche. Aber der Weg
dazu nicht immer der gleiche. Meinst du,
die Liebe besteht, weil Millionen Wege
zu ihr gehn – und sie hört auf, wenn es immer
der gleiche Weg ist? Kann uns das Gleiche nur locken
immer im Anderen? Was ist das für ein Zauber,
daß eins sich nur im andren ertragen kann!“
Da erhob sich der andre und sagte:
„Warum sprachst du nicht mit dem Reisigsammler?“

MECHANISMEN

Dreimal kehr ich zurück zum Postkasten,
ob der Brief auch einfiel ...
Aufs Pflaster stier ich, er könnte daliegen,
ein kleines weißes Rechteck. Er liegt nicht da.
Scheu blick ich nach dem Fenster: Die alten Leute
mit dem Hund, der aufs Fensterbrett seine Pfoten legt,
beobachten mich. Pfeifend geh ich auf und ab –
ein Liebhaber – und stier aufs Pflaster verstohlen.
Wie aus Übermut steck ich die Finger in den Kasten-
schlitz,
so tief ich kann, und zieh sie heraus
aus den Stachelzähnen, trällernd, denn die Leute sehn
mich.
Meine Sohlen reiß ich vom Pflaster und gehe –
ein Sieger über mich –, werf meine Augäpfel noch einmal
rollend über die Straße unter den Kasten.
Ach, verschluckt hat die Dämmrung
das weiße Rechteck. Aber
ich prüf nicht nach – und geh in meine Wohnung
in Schuhn wie Eisen, die der Magnet nicht leicht macht.
Aber ich geh, reiß die Zimmertür auf. Blendendes Licht
kämpft mit den Zigarettenwolken der Freunde – und
ich erzähl's ihnen. Schallend lachen sie – und wissen
tausend
ähnliche Geschichten. Unsere Tränen fallen darauf
wie auf Gräber voll

„Narzissen, Ranunkeln und
Syringen aus Persien,
Blumen, Nelken, gezogen perlenfarb
und schwarz, und Hyazinthen ...“

ZUKUNFT

Als sei das etwas außer dir,
vor dir. Ein Kunsthase am Draht
vor der Nase des jagenden Hundes.

Keuch nicht. Mit hängender Zunge
erreichst du nichts.
Der Baum läuft nicht nach seinen Blüten.

LEDA IM WINTER

Schwäne, in euren schneebedeckten Hals
mit dem feuerharten Schnabel
stürzt herabwirbelnd Zeus –
Und ihr rudert ins Schilf
festlich stark,
wo Leda liegt in der Bucht.
Plötzlich fühlt sie zwischen den Brüsten
den schlängelnden Gott.
Feuer durchrinnt sie, ihre Arme
legen sich um das Gefieder.
Und im Schneewirbel
empfängt sie die eisige Kraft.

ICH WOLLTE NIE POET SEIN. Ihr habt mich dazu gemacht, Schlappmuskeln ihr. Ich wollte ins Leben rennen. Aber mir wurde schwarz vor den Augen, Schlapplungen ihr. Wer hat mich auf das dreibeinige Stühlchen gesetzt, daß ich Sonne und Mond offenen Munds anstaunte, statt sie zu greifen? Wer hat sich von wem getrennt? Ich von euch oder ihr von mir? Jetzt sprich, Steiß!

Aha! Der Sinn, der Sinn!
Es ist der Sinn, der ich bin!
hört ich dich sagen, Herr! Das hat mich verletzt.
Da hab ich mich einfach hingesetzt.

Das Blut wurde dick, der Sinn aber dünn.
Zu hören wartete ich, wer ich nun bin.
Du zucktest zusammen beim Wörtchen Scheiße.
Das, Herr, tat weh mir, deinem Steiße.

Ich habe nie an Engel geglaubt und somit auch nicht an die Abwesenheit der Notdurft. Aber die Fresserei war mir lange peinlich. Denn ich sah sie schrecklich verlängert bis zur Menschenfresserei.

Das war nie unser Bedürfnis, Herr!
Das verbitten wir uns sehr, ja sehr!

Fallt mir nicht ins Wort! Hab ich nicht Portias Eheklage geduldig angehört, die ihr so verballhornt vorgetragen habt, daß sie auf mich und euch paßt? Antwortet mir auf die Frage, wer von wem sich getrennt hat!

Wir wollen dir alles gern wiederholen.
Portia fütterte uns mit glühenden Kohlen.
Wir nahmen es hin, wir nahmen es hin.
Wer trennte sich von uns? Portias hoher Sinn.

Der große Brutus stürzte sich ins Schwert.
Wir machten mit. So viel war er uns wert.
Wer trennte sich von uns los? –
Brutus' Freiheitssinn, der war so groß.

Ihr seid mir rechte Komödianten. Ihr Verdreher! Keinen Schimmer von Heldensinn! Die hochgesinnte Portia trennte sich *nicht* vom hochgesinnten Brutus. So sieht die Sache aus.

Sinn trennt sich nie von Sinn.
Haben wir je andres gesagt?
Nicht danach hast du gefragt.
Doch wer sich von uns trennt, ist hin.

Wir haben dir die alten Sprüche erzählt.
Denn wir wissen sehr wohl, was dich quält.
Wir wissen, warum du uns nicht vertraust:
weil du die ganze Historie nicht verdaust.

Euch vertraun? Ihr machtet ja immer mit, mit jedem und jeder. Mit dem Tapfern wie mit dem Feigen, mit der Nonne wie mit der Hure, mit den Unterdrückern wie mit den Unterdrückten. Ja, wie Sonne und Mond über Bösen und Guten, wie Regen und Wind über Schlächtern und Geschlachteten. So habt ihr Geschichte verdaut, immer verdaut, wenn der Befreier zum Tyrannen wurde, der Heilige zum Sünder. Immer verdaut, den Sinn zum Unsinn verdaut.

Herr! Herr! Dieser Eifer, dieser Eifer!
Die Drüsen liefern dir dafür den Geifer.
Sie arbeiten gewaltig am heißen Schaum,
wie Heizer Dampf bereiten im Kesselraum.

Wir machen mit. Wir machen mit. Für dich! Für dich!
Schäum nur weiter! Wir lassen dich nicht im Stich.
Wie Feigheit den Feigen, Mut den Mutigen im Stich nicht ließ.
Wie Feigheit den Mutigen feig sein, Mut den Feigen mutig sein hieß.

Ich bin am Ende. Unsinn heißt mein Sinn
und euer Unsinn Sinn.
Verzeiht mir, die ihr alles dies ertrugt!
Ihr Arbeitenden, Sonne, Mond,

du Erde, ihr Organe, alle Schmerzen tragend,
zu schaffen eine Menschheit, die euch endlich
versteht. Im blutigen Werden niemals uns verlassend,
die Schuldigen strafend und das Beil erleidend,
wachsend mit allen Wachsenden und doch am Kreuz
mit ihnen hängend. Mein Gesicht
will ich in dieser Erde Blumen drängen, blind nicht
bei zugetanen Lidern, meine Hände in den Schnee
drücken und so mein Herz heraufrufen durch Kälte,
nicht nach der Zeit der Zeiten fragen überm Hirn.
Oh, bin ich doch der eure, ja, ich schaute
nur eben Sonne, Mond und Erde. Eure Gewitter
will ich nicht fliehn, als wär ein Trocknes
irgend für mich, und nicht im Trocknen lechzen,
als flöss' ein Regen irgendwo für mich. So rannt' ich
her hin, hin her – und aus dem Regen in die Traufe
und aus der Julihitze in den Bäckerofen, schreiend.

Du bist unser Gefangener nicht.
Wir sind deine Gefangenen nicht.
Die Sonne ist dein Gesicht.
Klage und Jubel dein Ohr.
Bringst dich hervor, bringst uns hervor.
Wir verlassen dich nicht.

JA, SUBLIM! Hoch in die Lüfte bette die Vergasten! Dort
ist viel Platz und zwischen den Verbrannten
immer noch Luft für die Verbrenner. Brauch Worte viel
und dicht,
bleibt immer noch Platz, sie zu verdrehen.
Mach Schauspiel auf Schauspiel: Wirklichkeit –
zu Luft. Und das Schreckliche schön,
daß sich die Schauspieler um die Verbrecherrollen reißen
und die Jugend um die Karten auf dem Olymp.

So überlaß die Verbrecher der Polizei,
dem Kriminalamt, Notruf 003!
Überlaß sie den wohlbestallten Richtern
und nicht den unbestellten Dichtern!

Her mit Macbeth vors Nürnberger Gericht,
und vergiß mir den Dritten Richard nicht!
Doch die Nürnberger hängen keinen, sie hätten ihn
denn …
Er entwischte ihnen. Wenn sie ihn hätten, wenn …

Die Verbotstafeln sind durchgespielt.
Gezinkte dazwischen. Das Gesetzbuch
hat ein Loch. Und das willst du stopfen
mit Musik, mit Lyrik, mit Dramen, Romanen.
Mit dem Nürnberger Trichter. Der
hat auch ein Loch. Ich lach …

Stopfen will ich's nicht. Im Gegenteil.
Aufreißen will ich's und dich am Seil
hinunterlassen auf den Grund ohne Grund.
Der stopft dir bald deinen reimenden Mund.

Dunkel vor dem Aug, daß du endlich siehst,
woraus die Farbe der Welten sprießt.
Stumm, stumm, stumm der uralte Ort.
der da zeugt das minder törichte Wort.

Stoß mich hinab! Ich will's, bevor der Schauer
des Todes mich umfängt. Nie ist's zu spät –
und wenn in meinem letzten Flämmchen sich noch zeigt

dies Wesen Mensch, heraufgestiegen
aus allen Elementen und gestoßen
in Jahr und Ort, die es nicht kennt, doch die es kennen,
weil sie es schufen, doch nicht wissen,
was es erschaffen wird. Und Stoß auf Stoß
fühlt dieses Wesen, sieht sich um,
was es da stößt, und stößt zurück
und wird zurückgestoßen. Schule, Liebe, Beruf und Staat.
Sparta peitschte die Knaben, die
– lautlos den Tod beantwortend –
so die Prüfung bestanden.
O Prüfung, Zucht und wieder Zucht und Prüfung,
als würden wir geprüft seit hunderttausend Jahren
für eine Reife, die wir selbst uns ausstelln wolln –
und fallen durch und holen nach und fallen durch.

SCHREI MIR DAS OHR NICHT VOLL wie 'n Klageweib!
Du bist Poet. Blas dich nicht auf!
Dichtung ist deine Welt, und Welt
sei deine Dichtung. Zeige: Wer
die Bombe nimmt, kommt durch die Bombe um.
So ist's, so war's und so wird's sein. Und Welt
wird deine Dichtung. So bist du klüger
als dein erbärmliches Leben und dein Name
und klüger als die Mörder, die in Blut
die Welt ertränken, hoffend, daß sie so
dem Weltgericht entgehn. Dem Streit der Welt
entgehst du nicht, so sing von ihr,
solang du durch die Schlacht kommst. Hör:
„Wie ist Euer Name?
Wo geht Ihr hin?
Wo wohnt Ihr?
Seid Ihr verheiratet oder ein Junggesell?
Antwortet unverzüglich, kürzlich, weislich, ehrlich.
Das raten wir Euch!
Wie ist mein Name? Wohin gehe ich? Wo wohne ich? Bin ich verheiratet oder ein Junggeselle? Also um jedem Manne unverzüglich und kürzlich, weislich und ehrlich zu antworten, sage ich weislich: Ich bin ein Junggesell.

Das heißt soviel: Wer heiratet ist ein Narr, dafür denke ich Euch eins zu versetzen.“

Das paßt nicht auf mich, Frau!

Wie man's nimmt. Hör zu!
„Weiter, unverzüglich!
Unverzüglich gehe ich zu Cäsars Bestattung.
Als Freund oder Feind?
Als Freund.
Das war unverzüglich beantwortet.
Eure Wohnung, kürzlich.
Kürzlich, ich wohne beim Kapitol.
Euer Name, Herr, ehrlich!
Ehrlich, mein Name ist Cinna.
Reißt ihn in Stücke! Er ist ein Verschworener.
Ich bin Cinna der Poet! Ich bin Cinna der Poet!
Zerreißt ihn für seine schlechten Verse! Zerreißt ihn für seine schlechten Verse!“

Da siehst du's, Frau!

Ach was, für schlechte Verse zerreißt man niemanden, höchstens für gute. Schreib trotzdem bessere. Unterbrich mich nicht. Hör den Poeten schrein:
„Ich bin nicht Cinna der Verschworene.
Es tut nichts: Sein Name ist Cinna; reißt ihm den Namen aus dem Herzen und laßt ihn laufen! Zerreißt ihn, zerreißt ihn! Kommt, Brände! Heda, Feuerbrände!“
Es wird nicht ganz klar, ob sie ihn zerreißen oder im Tumult laufen lassen. Es erschien dem Dramenschreiber nicht so wichtig. Vielleicht ist der Poet ganz gut durch die Schlachten gekommen. Keiner wird's ihm verdenken, sollte seiner noch gedacht werden. Was murmelst du?

Ihr Männer und ihr Fraun!
Wenn Spiegel sich in Spiegel schaun,
und es ist nichts dazwischen,
so ist's darinnen leer.
Ihr dürft dafür auch zischen.
Ich bitt, gebt mir die Ehr

(ich will mich gern verdrücken)
und tretet selbst herbei,
beschaut auch Front und Rücken,
und sehe jeder, was er sei.
Die Spiegel sind zerbrechlich zwar.
Doch was ihr darin schaut, ist wahr.

ICH LAD SIE EIN. Tun Sie mir den Gefallen.
Sie kennen unser Dorf nicht. Der Weg zuerst ist staubig.
Die Ebne bibelgelb. Auf hingestreuten Kugelbäumen
brütet die Sonne. Dann schlägt Buchennacht
grün mit dem Atem einer Jungfrau über uns zusammen.
Die Ochsen stemmen sich hinan. Ein Hengst
stürzt uns entgegen über widerspenstige Steine,
schäumend: der Fluß. Die Felsen springen auf,
bespritzt bis zu den Knien, ihn anzusehn.
Die Koppel springt ihm nach, ein Füllen
aus jedem Felsenspalt. So jagen sie, ein Schauspiel!
Man weiß nicht, ob man Luft, ob Wasser atmet.
Und schrein kann man im Wettstreit mit dem tollen
Wiehern.
Ich zeig Ihnen die Burg. Bis auf den Grund zerrissen.
Jedem Fremden zeigen sie die Dorfbewohner, stolz,
obwohl die Ahnen, von dem Herrn gepfählt,
honigbeschmiert die angelockten Wespen dulden mußten.
Dann stürzt ein Tal hinab. Dort ist das Dorf,
verdeckt dem Blick noch von zwei Eichen, die
mit ihren Ästen sich umschlingen. Aber an den Hängen
schon
sehn Sie wie Vogelnester kleben weiße Hütten,
die sich die ärmsten Jungvermählten baun. Drei Wände
Lehm, die vierte Fels. Durchs Strohdach
steigt Rauch vom Herd, und Schwalben schießen
hinein zum Nest. Wie Halme bricht das Zwitschern
im Rauchfang sich und richtet sich gleich wieder auf.
Doch sauber ist der Boden, und die Krüge glänzen.
Schon sind wir durch das Eichentor. Die Ochsen merken's,
scheinen sie gleichgültig auch. Und halten an.
Dort schlafen meine Ahnen. Eingezäunt ist freilich
mit Stacheldraht vom Krieg der Friedhof.
's ist nicht Lieblosigkeit! Die Kreuze rosten. Sauber
ist stets das Glas gewischt. Dahinter gilben
Fotografien. Manch Hochzeitsbild
sehn Sie da überm Paar, das in der Erde ruht.
Wenn dann die Kinder uns entgegenlaufen,
Sie anstarren so wie ein Denkmal, lassen Sie
sich's nicht verdrießen. Die frechsten werden
sich an den Wagen hängen, bis zur Atemnäh

an Ihr Gesicht zu kommen. Es ist ihnen neu.
Ich sag es lieber gleich. – Zur Kirchtür auf den Stufen
gewöhnlich sitzt ein Einbein. Krüppel aus dem Krieg.
Doch wundern Sie sich nicht, wenn er begeistert
von seinen Taten spricht. Sind alle
gegen den Krieg, doch nicht gegen die Wunder,
die sie vollbracht. So sind die Menschen, sie verklären,
wenn's hinter ihnen ist, das Schlimmste noch.
Ich weiß, man muß was tun dagegen. Es ist schwer. –
Da will ich nun, ein Bauer, meinen Dorfgenossen zeigen,
daß so ein Schriftgelehrter aus der Stadt
zur Taufe meines Jungen kommt. Und das nach unserem Gespräch!
Auch meine Feinde werden sich zu mir bequemen,
damit der Glanz nicht nur auf mich fällt, auch auf sie.
Sie werden Sie in ein Gespräch ziehn, Herr! Denn jeder
will wissen, was so in der Welt jetzt vor sich geht,
und zeigen, was er selber weiß und fragen kann.
Voran der Bürgermeister. Der ist schlau, stark, keiner
flickt ihm am Zeug, wissen auch alle, daß er zwei
Familien hat, im eignen Dorf und jenseits des Gebirgs.
Die Liebste jenseits, die braucht nicht zu arbeiten, sie kümmert sich
nur um die Kinder. Vier sind's, klein noch. Seine andern sechs
sind groß. Die Frau schweigt, wohnt er einmal hier, mal dort.
Ich sag's, bevor es Ihnen einer flüstert. Lassen Sie's dabei.
Er wird nicht anders. Und er nährt die Kinder, liebt sie.
Mit Ihren Kugeln werfen Sie ihm Kind und Kegel doch nicht um.
Reden Sie mit den Leuten, doch nicht über ihre Köpfe weg.
Das Wort ist ihnen Brot, sie wollen's kaun –
und schmecken wie den Wein. Sie nehmen's so
wie ihren Pflug, wie 's Vieh, mit dem sie täglich umgehn.
Sie glauben jedes Wort, das, Herr, aus Ihrem Mund kommt.
Die Mädchen werden blöd dasitzen, auf die Hände schaun,
als kennten sie nur ihre Hände. Und so ist's.
Sie werden kleinmütig und traun sich nicht, wenn's so
von Worten schwirrt. Die Brust wird ihnen eng.

Doch wenn der Tanz anhebt im reingefegten Hof,
sind ihre Füße wie Gedanken so geschickt.
Das engt und weitet sich, verknotet sich und löst sich
und ist ein Wirbel und verwirrt und findet sich.
Und ist ein Spottruf hin und her wie zweier Kämpfer Lanzen,
die in der Luft sich treffen und zu Boden gehn.
Und der Zigeuner mit dem Fiedelbogen – 's ist eine Lust,
wieviel Bewegungen im Augenblick
verborgen sind. Und doch sind's nicht genug
den Mädchen und den Burschen ... Es ist, als wimmelten
aus einem einzigen Ei Millionen Küken
ins Licht, wie Sterne sind am Himmel.
Werfen Sie dem Geiger Jubal einen Blick zu, 's ist nicht
das Trinkgeld nur, das er erhofft, 's ist auch
die Freude, daß er Sie erfreut, was rasender
sein Spiel macht. Solche schöne Wut
ist in den Menschen auch. – 's ist Mainacht.
Sie schlafen in dem frischbezognen Bett.
Ich leg mit Frau und Kind mich auf die Matte
unter dem Vordach. Still wird's sein.
Nur manches Mal das Bellen eines Hunds. Ich werd
zun Sternen aufschaun. Ich bin froh.
Ich weiß nicht, ob ich's wär, wenn ich so weise
gewesen wär wie Sie. Jetzt fällt's mir leichter.
Was aus dem Sohn wird, weiß ich nicht. –
Tun werd ich, was ich kann.

Ich komm.

DER RABE

Der Winterrabe schlägt die laue Luft
mit mächtigen Fiederflossen, ein Golfstrom
macht ihn trunken und ziellos:
eine fette Schwärze, anachronistisch,
gegen die blitzenden Kinderwagen.
Vor dem ausfahrenden Leben
sucht er sich einen Ast
auf der nackten Mustereiche
und sitzt und äugt.

ANTIKE AUF MÄRKISCHEM SAND

Zeus, abgeschlagen die Nase,
Pallas ohne Kopf, ausgesetzt
im nordischen Schloßpark
dem sandsteinsprengenden Frost,
Mars, verrenkt, verdrossen,
doch leider leidlich ganz.
Venus fehlt auf dem Sockel.

Ich seh sie im Bademantel vorm Bade
zwischen zerschlissenen
Seidentapeten stehn.
Ihresgleichen zu sein, verstein ich.
Den parischen Marmor
unterm wollenen Umhang
kann ich nicht sehn.

Nachts irr ich durch Gänge,
tret durch die Tapetentür.
Nicht Fackel, nicht Öllämpchen,
schreit sie, ist hier.
Ich dreh am Schalter: Elektrizität
reißt die Nacht vom Leib ihr,
der blendend vor mir steht.

GEDICHT UND LANDSCHAFT

Wie der Schnellzug jagt, drin ich sitz, auf den zukommt
immerfort der Riesentunnel der Landschaft:
gläsern überstülpte hängende Ebnen,
Wände aus Bergen, Wäldern, Streichholzschranken,
dran übermütig Jungen sich hängen, die Zunge
ausstrecken oder Taschentücher schwenken –
Zug und Landschaft wie Hülse in Hülse sich schieben,
daß die Gespräche der Reisenden oder ihre Lektüre
durch die ankommenden Dörfer und Städte fahren
zwischen den hüben und drüben umschlungenen Paaren –
nun – über Weichen nervöser – langsam einfährt
in den Bahnhof, wo aus dem Fenster des Zugs
ich mich seh auf dem Bahnsteig stehn voller Erwartung –
also kommt auf mich zu, den Begierigen,
das lang von mir erfahrne Gedicht.

HINAUF

Ich werf den Kopf in den Nacken.
Die Kinder steigen.
Die Dreißigjährigen sind über mir.
Mein Sprechen
ist ein Hinaufrufen. Vermindert
ist oben mein Schall. Dort
wird laut gesprochen jetzt.

VON DER KUNST

Eben noch saß er im Korbstuhl
vor eisernem Tisch; die Märzsonne war stark,
daß die Stühle wimmelten vor der Gaststätte wie Strand-
körbe.
Ich konnte nicht zu ihm dringen. Wir begrüßten uns
lachend
mit erhobener Hand. – Dann begruben wir ihn.
Das traf mich so, daß ich nachdachte über die Kunst:
Ob man so schildern muß, als säh man
den Gegenstand zum letztenmal, hineinpressend
das eigne Blut, um ihn unverlierbar zu machen,
daß ihn andre sehn wie zum erstenmal.
Der Künstler steht mit dem Tod im Streit – in diesem
Gerangel
arbeitet er, als müßte er jeden Augenblick erblinden
so wie Tobias, der im Lehnstuhl geduldig wartete
auf sein Kind. Der Sohn kam beglückt mit seiner Braut.
Und der Wegstaub hatte sich noch nicht gelegt
von den Hufen der Kamele und Rinder,
als der Sohn den erblindeten Vater
schon sehend gemacht hatte. Der aber machte seinen
Sohn sehend
und die Braut. Dann begruben sie ihn.
Rembrandt, wie er die alte Legende
erstmals schildert, haben wir schon
gesehn. Wie er sie vor seinem Tod schildert,
den blinden Tobias und die Judenbraut, das
sehn wir zum erstenmal immer wieder und wieder.

DROHUNG

Ich zieh euch, Frühlingsbäume,
mit meinem Blick ins Küchenfenster,
wenn ihr mir nicht zu Willen seid.
Ich bin gewalttätig bis zur Kastanienmauer.
– Du bist zu alt und deine Beine sind
unsicher, lacht herauf der Rasengrund

mit seinen gelben Löwenzähnen. –
Am Geländer schieb ich mich
hinab die Treppe in den Garten
und setz mich unter euch,
bis ihr verstummt.

FRÜHLING IN MEINER STRASSE

Die Kastanien drehn ihre Kerzen.
Das Blühn der Tulpe mit dem nachtinnern Fleck freut mich.
Daß die Gaslaternen glühn tagsüber,
ärgert mich. Wir sind nicht unbekümmert
wie gelbschnäblige Amseln auf dem Helm der Laternen.
Ich komm aus einem Land, wo die Frühlinge wie Donner einziehn.
Auf langen Tischen am Markt regen früh die Blumen auf –
wie in der Tanzstunde die aufgereihten Mädchen.
So geht die Welt auf. Ihr Licht wird nicht vermehrt
von tagsüber brennenden Laternen.

ENERGIE

Energie, sie nimmt nicht ab, sie nimmt nicht zu,
aber sie schweift hierhin, sie schweift dorthin.
Sei zur Stelle, wo sie ist. Wo sie weilt,
ist gut sein. Sie hat zwar immer ihre Stunde,
aber wo, bindet sie dir nicht unter die Nase.
Du bittest das Mädchen zum Tanz drei Tische weiter.
Aber am Nebentisch sitzt sie, deren Brust aufging
für dich. Du gehst siegesgewiß an ihr vorbei.
Gelegenheit schafft nicht nur Diebe. Auch
die geschichtliche Stunde ist Gelegenheit.

Es ist nicht alles gelungen in dieser Welt.
Aber wenn Vollendung
auch ausbleibt, etwas drängt

durch alle Kreatur. Kein Stein
bleibt auf der Stelle. Wir Menschen sagen:
Es geht zu Ende. Manchmal sagen wir: es soll nicht
zu Ende gehn. Das Vollendete
soll bleiben! Aber Energie
bleibt nicht wohnen.
Baun wir! Die Wohnungen der Geschichte
sind nicht an einem Tag gebaut. Die Wohnung der El-
tern:ie Säulen waren vollendet. Die Blätter der Kapitelle
prunkten. Drin nisteten Götter.
Sie sind uns fremd. Ihr Ursprung wurde offenbar
und ihr Ende. Die Kinder der Eltern ziehn aus.
Sie sind noch kindisch: himmelhochjauchzend, zu Tode betrübt.
Sie singen drauflos. Sie haben Stimmbruch.

Selber wollen sie Götter sein. Das geht schief:
es sind die Gottesvorstellungen der Alten.
Vom Tod wollen sie nichts wissen, denn sie sehn,
wie der Bau die Geschlechter übersteigt.
Statt Tod setzen sie das Wort: Gedenken!
Ich bin unter ihnen. Mein Leben ist an ihr's gebunden.
Meine Arbeit fließt ein in ihre Energie.

Was die Natur will, wollen wir bewußt: Leben erhalten!
Wir lauschen angestrengt, was ihr glückt, ihr mißglückt.
Aber wir übersehen nicht den verkrüppelten Baum am
ungünstigen Ort. Die Natur vermag
nicht alles. Sie ist nicht Gott.
Nun darf der Mensch bescheiden helfen
und verläßt sich nicht auf Wunder. Auch nicht
auf den göttlichen Frieden. (Er sei jedem unbenommen.)
Plötzlich weiß der Mensch: er ist wirklich, das ist etwas andres
als von Gott sein. So kurz sind Worte für lange Epochen.

Da ich dies schreibe, steigt ein Gefühl auf, das mich
namenlos ergriff seit meiner Jugend. Unbeschreibbar
war die Süße. Da ich kein Wort fand, konnt ich sie
nicht bewahren für bittere Stunden, erachtete darum
kein Wort für Tat. Die Worte waren mir alte Schläuche.

Aber so innig muß das Wort das Leben enthalten,
wie Blumen willkommener Gäste
die Freundlichkeit selbst sind und noch nach Tagen
uns anstrahlen, wenn wir, schon vergraben in Arbeit,
aufblickend immer noch Freundlichkeit sehn.

Es ist nicht so, daß wir immer
in der Sonne und voll Energie sind.
Wir durchschlafen die Nacht. Der Schlaf,
diese wenig durchforschte Erfindung der Natur,
bereitet uns vor.
Unser Wachsein ist belastet.
Die Wolke dämpft unsern Mut. Aber
wir sind Kundschafter des Wetters geworden.
An vielen Orten wird die Bewegung aufgezeichnet.

Verläßlicher ist unsere Wirklichkeit geworden.
Von uns erzeugt. Die Sonne ist uns nicht
so in die Hand gegeben wie wir uns selber.
Für einen Tanz scheint mir der Augenblick gekommen.
Den seh ich bei Tieren, wenn sie unvorhergesehen
aufspringen und im Gras sich wälzen:
Ein Wink, der Energie nackt zeigt.
Licht im Licht. Was geht darüber hinaus?

Und dies ist wirklich. War früher
nicht auch alles wirklich?
Ja, aber so wie wir's heut begreifen.
Energie hatte nicht ihre Menschenstunde,
sie hatte den Traum voll betörender Bilder.
An ihnen messen wir unsere Wirklichkeit.
Wir nehmen keinen Rat an der Götter.
Ich seh kein andres Weltenlicht.
Nicht anderswo Energie.

BÄUME IM ROSENTAL! Ihr überlebt mich.
Aber ich hab euch genannt. Und findet ein Enkel
im Antiquariat einen Band, holzfrei,
so findet er das Holz, wo ich wandelte –
und geht meine Wege. Und rührt ihn, was mich berührte,
so daß ich euch nahm in mein Leben,
als hätten wir einander geboren, euer Grün mein Auge,
mein Aug euer Grün – dann, dann, ihr Bäume,
sieht er mich sitzen unter eurem milden Feuer
und sagt: wo stürzten die Kriege hin? Wohin seine
Gebrechen?
Was trug ihn die Geschichte zu mir, als säß er
neben mir? – Und mein geneigter Leser
wird durch das Gesperr der Äste die Vögel
leicht fliegen sehn, als wär kein Hindernis für ihre
gefiederte Spanne. Und er wird sinnen und sagen:
Sieh! es geschah durch die Geschehnisse hindurch
und geschieht darum immer.

ERWACHEN NACH SCHWERER NACHT

Wie die bronzenen Schildkröten im alten China
schieb ich mich unter die Lasten.
(Ich muß noch geduldiger werden.)
Am schwersten sind die Nächte,
kaum zu tragen und von der Stelle zu rücken.
Sie wollen mir den Panzer eindrücken.
Ich spür die Ohnmacht der weichen Teile
und die letzte Bitterkeit
des süßen Vergehens.
Ich gesteh mir nicht ein den Hochmut,
allein tragen zu wollen die Welt.
Und versteh nicht den tiefsten Schmerz als Rache
der ganzen Welt an meiner Anmaßung.

Mit dem ersten Strahl kommt auf die Zunge
die Milch. Woher die Helfer?
Hab ich die Sonne geschaffen,
die schräg an der Stubenwand lehnt?
Wer hob die Nacht? Will ich sagen:
meine Geduld?

Herein durch mein Fenster!
Brecht die Tür auf! Mögen Ziegel und Staub
euch vorausfliegen. Welch fröhliche Rache! –
Die Nacht ist des Menschen Höhle. Die bemalt er.
Aber das Bild ist schwerer als der Auerochs draußen.
Der gemalte Elch schaufelt das Stöhnen
aus der Brust des Träumenden.

Aber die eingebildete Not
läßt die erlösende Kraft
in solchem Unmaß erscheinen,
daß schon ein Sprung vom Lager
das Maß der Welt erreicht.

Die Vögel schlagen die Dämmrung auf.
Sie ziehn am Vorhang ungeduldig.
Oder lärmen sie wie Krieger dem Tag entgegen,
daß sie ihn bestehn? Sie schliefen, schwiegen.

Sie sind ein Heer jetzt und sie schlagen sich
mit der Sonne. Im steilen Angriff
die Lerche.

Senkrechtstarter Lerche. Und niederfallend
greift sie den fliegenden Halm und nimmt ihn
ins Erdnest. Und der Mensch im Hubschrauber
greift den Überlandmast und senkt ihn
ins Feld.

Der Kristall baut sein Haus
voll durchsichtiger Räume,
und die Gräser knicken nicht
voll elastischer Streben –
und die Fledermaus sendet Wellen
und empfängt die Nachricht.

So fährt der Mensch in tausend Gefährten
seiner Weltgefährten, die es nicht wissen,
und baut sich dereinst für die Wellen des Lichts
den Kahn – doch schwer sind die Nächte. Ich trag sie
wie bronzene Schildkröten den Sarkophag.

Ich schlag auf die Backen Gottes,
die die Welt hervorbliesen,
und treff meine Wangen.
So bin ich gezüchtigt.

Welt war vor dem Wort und war nicht das Wort.
Und Wunsch war nicht Welt – und kein Ei
brüt ich aus mit meiner Sehnsucht.
Kein Kuß gelingt mir ohne das Mädchen.

Was schieb ich die Welt vor mir her,
als sei ich vor ihr entsprungen.
Heb sie nach links, heb sie nach rechts,
und sie läßt sich fallen, und ich rumple mit,
verbeiß mir den Schmerz, und die Sterne
lachen mich aus im großen Wagen.

Der schleift mich mit. Ich weiß keinen Weg.
An seinem Gewicht häng ich. Mit einer Hand
halt ich mich noch. Lautlos schrei ich im Traum.

Ich schwing mich hinauf. Auf dem Rücken lieg ich.
An einer Winde steigt der Mast. Die Kabine
richtet sich auf. Der Drehkran bestreicht
eine Planetenbahn nach der andern.
Aus dem Regal hol ich ein Buch.
Ein Bücherschrank ist die Ewigkeit, sagt einer
und wischt sich die Lippen. Ganz eßbar, sagt er,
ist der Satz vom Widerspruch.
Sei nahrhaft, meine Sprache!

Bleib ich, was ich bin? Teufelswort, Gotteswort.
Kein Fisch lebt im brackigen Wasser.
Kein Mensch, der nicht begreift
und sich greifen läßt. – Kommt nur, kommt,
die ihr auf mich gelauert. Ihr tatet,
als schlieft ihr. Ich trug euch zur Nacht
stöhnend. Ruhe wollt ich, nichts wissen,
mit euch versinken in ewigen Schlaf.

Das Blut des Schlafenden macht die Stechmücken munter.
Zur Nacht vollführt der Feind die Operationen.
Mein Stillstand provoziert die Welt. Sie wurde zur Last,
als ich mich zur Ruhe zwingen wollte.

Es zerrt, es zieht mich. Ich will nicht.
Ich schrei wie ein Kind: das sieht die Mutter schwinden –
und läuft ihr nach und bläst sich den Trotz
in die wilden verschwollenen Augen.
Und sieht die Umstehenden an – und haßt sie,
die lachen und es ermahnen.
Und weiß doch nichts mit sich anzufangen.

Ich spring auf. Den Jahrmillionenschlaf,
den eingeübten, streif ich im Augenblick ab.
Taumelnd begreif ich noch nicht die wache Seite

der Welt. Immer deutlicher rufen Tisch, Stuhl, Hunger:
das bist du! Der Chor schwillt an. Der See und sein Ufer
füllen das Fenster bis oben. Ich schlag
die Ruder in die weißen Zähne der Wellen.

ZEIT

Die alles wollen auf einmal – sonst tun sie nichts –,
wissen nichts von der Zeit, die wir machen. Sie meinen,
die Ziffer am Uhrblatt sei revolutionär.
Aber viertel vor zehn am Abend ist nicht viertel vor zehn
am Abend.
Entweder ist es ein Gähnen, davor man die Hand hält,
oder der Donner der Aurora. Doch die Zeigerstellung
bleibt wichtig
den Abenteurern: Die Kanonen drehn sich von selbst um
und donnern überall auf der Welt zur selben Stunde.
Zwar hören sie nichts. Aber sie starren aufs Zifferblatt
und warten.

UNTERM MAULBEERBAUM

Licht regnete durch den Maulbeerbaum
auf die Brust der Zigeunerin, die sie
dem Säugling gab, offen meinem betroffenen
Knabenaug. Süße durchdrang das Buch,
das ich im Gras liegend las. Die Buchstaben –
ein Mückenschleier im dampfenden Sommer –
hoben sich vor meinen Blicken
und senkten sich wieder zu geordneten Klängen:
Gedichte waren's längst verstorbener Dichter.
Ihr Feuer aus Gräbern mischte sich
mit der Bronze der freimütigen Brüste.
Und ich wußte nicht, ob ich sehen durfte
den Blitzschlag in meine umrißlosen Träume.
Taumelnd ging ich unters niedre Dach meiner Eltern,
mein Träumen verdrängt, wie Luft verdrängt wird
von steigenden Mauern auf freiem Platz.
In die durchsichtigen Ströme stiegen bronzene Leiber.
Anzukommen am Andrang der Wirklichkeit,
schrien meine Finger, jede Gelegenheit nutzend,
auszubrechen und – beginnend beim Hals,
über die Grube am Schlüsselbein springend –
sie zu fassen wie eine Frucht, zart, die schwellende Brust.

ANKUNFT

Adam und Eva bissen in den Apfel.
Als hätten sie ihn nicht verdaut,
krümmten sie sich unterm Schwert. Wasser
ergossen sich. Aber die Arche hob sich
bis zum Ararat, und die Taube holte den Zweig.
Hinunter zogen sie, ein Volk schon,
und bauten den Turm, sich zu finden beim Umherirrn,
auch als er zerbrach. Ich sitz im Weltall
auf einer Bank im Rosental, während die Sonne
im dünnen Wolkensaft schwimmt und an entlaubten
Zweigen zehrt. Heimgekehrt schlaf ich den steinernen
Schlaf.

Doch durch den Stein zieht unvergessen
die Geschichte. Ich spring auf und weiß wieder,
daß Freunde aus Bagdad, unweit Babel, und aus Damaskus
bei mir waren im Zimmer, und die Stimmen sich nicht
verwirrten,
ich ihnen den Mond besang, auf dessen Nachtseite
jetzt die Räder stillstehn aus Metallen des alten Sarmatien,
das er beschienen hatte unvordenklich wie auch das alte
Asia
mit Ninive, wo die Brunnen rauschten unterm Ulmen-
baum,
und jetzt den Spielplatz bescheint in voller Schönheit,
wo ich gesessen habe mittags und mir die abgerindeten
Stämme
und die eingerammten Stümpfe für kletternde Kinder
so angesehn hatte plötzlich, daß ich sagte:
Schlaf, wie wir ihn verstanden hatten,
so, daß man ihn morden könnte, ist nicht mehr in der
Welt.

LAUFEN

Komplizierter als Goethes „Faust“,
sag ich frech, ist jedermanns Bein
(ach, was kann ich von Beinen sagen,
als daß sie laufen und uns trägen)
und komplizierter noch Goethes Faust,
als sie aufs Pult niederschlug
in die Finsternis:
„Um Mitternacht wohl fang ich an,
spring aus dem Bette wie ein Toller;
nie war mein Busen seelenvoller,
zu singen den gereisten Mann ...
Und ich, mir fehlt zur Nacht der Kiel,
ergreif wohl einen Besenstiel ...“

In der Herberge zu Köln saß verdrossen
Rinde kauend Till. Hatte noch nichts genossen.
Der Braten war noch nicht gar,
weil es dem Wirt nicht eilig war.

Als der Wirt und die Herren saßen
und vom beträufelten Braten aßen,
rief Till: Ich bin satt vom Geruch.
Zahl! schrie der Wirt. Das Geld aus dem Tuch

wickelte Till und ließ es fallen. Kling!
Steckte es wieder ein, sagte und ging:
Da habt ihr den Klang und ich den Geruch.
Der ist meinem Bauch wie der Klang euch genug.

Vor soviel Metaphysik war der Wirt erstarrt
und fühlte sich trotz allen Sinnens genarrt.
Den Narren trugen seine Beine über die Berge.
Sie waren in Metaphysika seine Stärke.

Und dem, der sein Kreuz trug, in die Knie brechend, wischte ein Weib mit dem Tuch den Schweiß aus dem Gesicht. Und das verzerrte Antlitz bildete sich in dem Tuch ab herrlich und strahlend. Als dies Ahasver, auf seinem Schusterschemel sitzend, sah, wendete er sich geblendet ab und verwirrt. Denn er hatte vorausgesagt das Schicksal des Volksaufwieglers, wie es denn auch gekommen war – und die Arbeiter blieben verstört. Nun dieses Gesicht! Er schloß seine Augen. Aber unvermutet trafen sein Gehör die Worte: „Du wandelst auf Erden, bis du mich in dieser Gestalt wieder erblickst." Was er vermeint hatte zu hören, hatte er nicht gehört, und was er vermeint hatte zu sehen, hatte er nicht gesehen. Aber ein anderes Wunder geschah, was ihm und anderen niemals als Wunder vorgekommen war. Er war aufgestanden und ging.

Vater, wohin?

Siehst du den Prellstein am Tor,
den Stein dort. Ich zog das Bein hervor
unterm Schemel. Das andre kam nach. So setzt sich Fuß
vor Fuß. Und wird der Stein zum Fluß.
Nichts hält mich.

Und die Mutter, und wir?
die Werkstatt? Unser Grund, Vater, ist hier.

Was, Gründe! Willst mir den Grabstein setzen,
dich niederlassen drauf. Das ist dein Dank, Kind!
Lieber laß ich mich von Hunden hetzen.

Vater, ich bitt dich, geh nicht! Wir sind
besorgt, schaun nicht nach deinem Grabstein aus.
Bist alt. Wir pflegen dich in deinem Haus.

Was? schielst nach meinem Ende? Will mit dir schielen:
Wo? Da? Dort? zeig mir, zeig's! Stoß mich drauf!
Vielleicht der Dung dort unterm Fliegenschwarm?
Halt mich nicht fest. Den Ärmel hältst du, nicht den Arm!

Vater, ich knie vor dir. Mir brennen Schwielen
von deinen Worten. Hör darum auf!
Ich kann dich nicht halten. So nimm meine Beine.
Deine sind schwach. Mir kommt's nicht an darauf.

Dein Gesicht! Was hast du für ein Gesicht?
Du jagst mich fort. Gut, deine Beine seien meine!

Und er lief auf den Beinen seines Sohnes fort.
Dessen Haar wurde grau. Sein Gebein ist verdorrt.

Patriarchenbart und junge Beine
waren angelangt an einem Port.
Und die Schlepper an der hänfnen Leine
sangen ein Jahrtausend fort:

Garben und weißen Spelt
tragen wir Tag für Tag.
Alle Speicher sind voll,
alle Schiffe gefüllt.
Schon quillt Korn über Bord,
aber man treibt uns und treibt.
Hungernd gehn wir gebückt.
Unsere Rücken aus Erz,
unsere Herzen aus Erz
tragen Tag für Tag.

Einen unter der Last von der Landebrücke Stürzenden traf der wütende Hieb des Aufsehers. Denn die gleichmütigen Wasser schlossen sich über dem Sack Korn unwiderruflich. Der auf den Beinen seines Sohnes lief fort bei dem Anblick und hörte in seinen Ohren rauschen die Worte: Du wandelst auf Erden … Aber diesmal verstopfte er seine Ohren, bis sie schmerzten. Da gab er sie frei. Doch der Donner des Meeres gegen den felsigen Strand raubte ihm fast das Gehör. Er wunderte sich, daß er so laufen konnte, obwohl seinen langen Bart der Sturm rückwärts zerrte. Da blickte er an seinen Beinen hinunter und sah am rechten Fuß ein Muttermal von seinem Jüngsten, den er in der Wiege zurückgelassen hatte. Der Samen des Menschen stirbt nicht, sagte er. Vielleicht sitzt mein Jüngster jetzt auf dem Schusterschemel mit meinen alten Beinen, oder sie haben ihn schon begraben. Er wußte nicht, wie lang er gelaufen war. Plötzlich sah er in der hereinbrechenden Nacht ein großes Schiff mit ausgespannten blutroten Segeln vorbeifahren, daß es aussah wie ein dunkler Riese in einem weiten Scharlachmantel.

Die Masten waren schwarz. Noch sonderbarer war, daß die Segel von dem großen Sturm sich nicht bauschten und der Schiffsrumpf nicht schwankte. Der glitt vielmehr wie ein Schlitten auf vereistem Fluß gegen das Ufer, als sollte er dran zerschellen. Nichts dergleichen geschah. Worte waren zu hören:

Traft ihr das Schiff im Meere an,
blutrot die Segel, schwarz der Mast?
Auf hohem Bord der bleiche Mann,
des Schiffes Herr, wacht ohne Rast.
Bei bösem Wind und Sturmes Wut
umsegeln wollt er einst ein Kap;
er schwur und flucht' mit tollem Mut:
„In Ewigkeit laß ich nicht ab!"

Blödsinn, sagte der Alte auf seines Jüngsten Beinen. Oder waren es schon des Enkels Beine? Er konnte nicht viel sehn. Das Muttermal war sowieso schwarz wie die Nacht. Da wurde im Fackellicht ein Brett hinuntergelassen an die Küste. Darauf kam ein Mann herunter, schwarz gekleidet und weiß im Gesicht, kerzengrade, ohne mit den Armen zu schlenkern. Sein Mund öffnete sich, eine kleine Höhle. Der Alte kicherte in seinen Bart. Der Mann sang:

Die Frist ist um und abermals verstrichen
sind sieben Jahr ...

Der Alte horchte auf und ging neugierig auf den Mann zu.

Darf ich Sie fragen, wer Sie sind?

Ein Holländer!

So, so, das heißt wohl Sänger.
Ist das Ihr Bart ...
so fein gefaltet
um Hals und Nacken?

S'ist eine Krause.
Halten Sie mich nicht auf. Muß freien gehn!

So, so? glattweg vom Schiff? Ist das die Art?

Ja, Alter. Die sieben Jahr sind um.

Was? Alle sieben Jahr? Wer zwingt Sie denn?

Die Untreue der Weiber.

Die Untreue der Weiber? o je!

Nun lassen Sie mich. Ich habe Hoffnung,
ich find jetzt eine, die treu ist bis zum Tod.

Bis zu Ihrem Tod, Herr Sänger, oder bis zum Tod der Frau?

Bis die Frau stirbt. Denn ich will vorher sterben.
Ich hab die Piraterie satt. Die Frau soll mich erlösen.

Sie haben Gold im Schiff?

Mehr als genug.

Sieh mal an! Ich bin ein armer Schuster,
und Sie werden das Gold nicht los,
eh eine Frau treu ist bis in den Tod?
Geben Sie zu, Herr Sänger,
Sie wollen das Kapital behalten. Sie konnten
sich keine bessere Bedingung verschaffen!

Fort! Du bist es, der den Weg zum Heil vertritt.
Du kennst es nicht, das Weib!

Sie hatten alle sieben Jahr ein Weib.
Seit Jahrhunderten!

Doch keines treu,
fromm wie die Madonna oben.

Wo ist das?

Bist ein Heid, ein Jud vielleicht?

Und was machen Sie mit den untreuen Weibern?

Ihnen die Hölle heiß, dort braten sie.

O schrecklich!
Nur weil sie Sie nicht erlösen wollen
vom Geld?

Dort kommt sie, die mich erlösen wird.

O je, ist die schön und jung, zu jung,
um nicht unschuldig zu sein. Gratuliere!

Sie kommt mit dem Vater, den Jungfraun
und den Burschen des Dorfs.

Der Mann hat Geld, wirst ihn heiraten, hörst du? stampfte der Vater auf. Bis in den Tod, schrie die Jungfrau und stolperte. Ein Bursch fing sie ungeschickt auf, daß ihre Brüste fast in seinen breiten Händen blieben. Der Holländer besteigt darauf das Schiff, um weiter zu piraten. Nein! schreit die Jungfrau! Hoch vom Felsen stürzt sie sich. Das Schiff mit den blutroten Segeln, dem Kapitän und Geld sinkt auch.
Verwundert sieht's der Alte. Doch ein Bursche schnell entkleidet sich, mit einem Sprung ist er beim Mädchen, zieht's aus dem Wasser, beatmet es, bis es die Augen aufschlägt. Das Schiff steigt wieder auf. Der Kapitän singt:

Wann dröhnt er, der Vernichtungsschlag,
mit dem die Welt zusammenkracht.
Ihr Welten, endet euren Lauf!

Der Alte auf jungen Beinen lief weiter, in den Bart murmelnd: Ich will nicht ungerecht sein, schön singt er und das Meer besonders. Verrückte Erlösungsidee: Die Weiber ins Feuer werfen wie beschädigte Möbelstücke. Vielleicht bin ich zu alt. Wenn mir eine den Bart krault, und es macht ihr Spaß und mir auch, was frag ich. Selbst der junge Mann, wenn er an meiner Werkstatt vorbeikam, ich unterhielt mich gern, verständig war er ja, bevor er sein Kreuz trug, hatte noch für Sünderinnen ein gutes Wort. Was meinte der Schwarzgekleidete mit der Madonna da oben?

Von Marburg zog Ulenspiegel zur Universität Prag,
zu heben, was ihm im Magen lag:
den schweren Hunger. Er meldete den Herrn,
er antworte auf schwierige Fragen allzugern.

Der Rektor fragte: Wie weit, wie hoch ist der Himmel
oben.

Till: Tausend Klafter breit, hoch tausend Ellenbogen.
Er wolle den hohen Herrn das gern beweisen.
Doch brauch er einen Rock und kräftige Speisen.

Er kleidete sich ein und aß sich satt.
Ihr Herrn, nehmt Sonne, Sterne, Mond vom Himmel ab.
Dann habt ihr ihn leer und meßt ihn aus
wie ein unmöbliertes einzimmriges Haus.

Das ist nicht leicht. Aber was könnte ein Rektor nicht!
Ihr werdet finden, daß Till die Wahrheit spricht.
Die Herrn warn beschämt. Till floh über die Berge.
In Metaphysika waren seine Beine die Stärke.

Bing! Bang! Bing! Bang!
Bing! Bang! Zwang! –
Bing! Bang! Fang! –

Der Alte rieb sich die Ohren und die verschlafenen Augen. Er war auf einen Kirchhof geraten und saß auf einem niedrigen Grabstein. Rieb sich wieder die Ohren, bis die Glokken verstummt waren. Je wacher, um so trauriger wurde er.

Hier sitz ich auf bemoostem Stein.
Beseh mir ein ums andre Bein.
Wer hat sie an mich verloren?

Ein Kindeskind ward mir geboren.
Mit meinen Beinen liegt's verdorrt.
Was lief ich auch vom Schemel fort.

Muß ich über alle Grabsteine setzen
wie ein Araberblut über Hürden?
Ist das die Ewigkeit? Dann ist's auch das Nürnberger Ei.
Man zieht's auf. Wer zieht mich auf? Eier! Eier!

Wie Kolumbus muß man drauf antworten:

Die rollende Ewigkeit eindrücken.
So faßt man sie, so! Haut sie auf den Tisch. Da ist sie.
Der Holländer mit seinen Eiern segelt jetzt
rund um die Erde, segelt sich satt.

Dem armen Till aber mußte der holländische Kaufmann, als er wieder einmal an Land ging zur Freite, die paar Eier wegnehmen und sie sich in den Hals schlagen bis auf die Schalen:

Sieh hin, leck aus,
das Dotter ist raus.

Aber Till wartete bis zum Abendbrot, höhlte einen Apfel aus, füllte ihn mit Mücken und Grillen, briet ihn ein wenig und stellte ihn auf den Tisch. Der Holländer griff zu.

Er mußte schlucken
Grillen und Mucken.
Von Mucken und Grillen
kann ein totes Weib
ihn nicht mehr stillen.

Dies irae, dies illa
solvet saeclum in favilla.

Da! sie singen vom Ende der Welt und vom Beginn der Ewigkeit. Aber ich lauf schon eine Ewigkeit. Da! ein Leichenzug. Ich versteck mich.

Till, der große Sünder, ist still.
Ist gelaufen durch alle Lande,
machte uns überall Schande.
Nun liegt er, so Gott will.

Seine Beine, sagt er, seien seine Stärke.
Lief, den Hintern zeigend, über die Berge,
sobald er was ausgefressen hatte,
den Himmel messen ließ mit einer Latte.

Iudex ergo cum sedebit
quidquid latet, apparebit,
nil inultum remanebit.

Nun werden wir ja sehn,
ob er überhaupt kann stehn
auf den Beinen, die er pries,
und laufen kann ins Paradies.

Paßt auf! Da reißt das Seil.
In die Grube schießt der Sarg in Eil.
Till kommt auf die Füße zu stehn.
Die Träger lachen: So laßt es geschehn.

Der Priester lief entsetzt fort, der ihm das letzte Geleit gegeben hatte. Till hatte ihm dafür sein Vermögen versprochen, das er im Nachttopf aufbewahrte unterm Sterbebett. Und der Priester nutzte die Gelegenheit, als erster dort zu sein. Till hatte ihn gewarnt, allzu tief in den Topf zu greifen. Doch als der Priester die Münzen sah, griff er bis zum Gelenk hinein und zog schnell die dreckige Hand wieder heraus. Tief gekränkt war er jetzt überzeugt, daß Till der leibhaftige Teufel und längst aus dem niedergefahrenen Sarg auferstanden sei. Coincidentia oppositorum! rief der Priester unbewußt und schlug sich gleich auf den Mund, der nun auch verschmiert war.

Ahasver trat aus dem Versteck hervor, von wo er alles beobachtet und vernommen hatte. Er blickte in die Grube mit dem aufrechten Sarg und sagte: Dieser da steht mit beiden Beinen auf der Erde noch im Tod und läuft in aller Munde über die Lande. Er hörte das ferne Kreischen der Weiber. Er trat in die Kirche und sah das Schweißtuch der heiligen Veronika. Er kam erschreckt heraus. Der Kirchhof war leer. Niemand steinigte ihn. Er setzte sich auf die Stufen und versank in Nachdenken. Der Kaufmann segelt auf allen Meeren, er will sich ein treues Weib kaufen und sehnt den Untergang der Welt herbei. Was ist das, fragte sich der Schuster. Nachdem er wiederum lange gelaufen war – er wußte nicht wie lang –, murmelte er in den schneeweißen Bart: Der Papst hat jetzt ein goldenes Telefon. Und er dachte an den Priester, der aus Gier in den Nachttopf gegriffen hatte. Der war freilich nicht unfehlbar. Die Unfehlbarkeit war auf die Erde gekommen. Oh, oh, das ist ein Unglück! Er riß das Wams auf, schlug sich auf die Brust und jammerte:

Und ich, ich lauf immer auf anderer Beinen!
Eine Schande! Auf anderer Kosten!
Ist Ewigkeit weit.
Tausend Klafter, sagte Till, aus der Narrenkappe.
Und diese Antwort war nicht von Pappe.
Und er flüsterte auch: wie von hier
nach Klein-Popo in Togo und lüftete schnell
den Hintern, der war breit
wie die Ewigkeit. In Togo, auch Anecho
genannt: deutsche Stiefel, Britenstiefel,
Franzosenstiefel treten auf schwarze Zehn.
Mit Schuhn hatt' ich's zu tun.
Ein Schritt ist Ewigkeit – oder nicht einmal das?
Nimm aus der Ewigkeit alle Menschen heraus,
Till Sonne, Mond und Sterne aus dem Himmelshaus.
Und dann miß sie aus.

Großvater, was tanzt du da so närrisch! –

Ach, liebes Töchterchen, wo ich bin, ist hier.
Darum tanz ich so närrisch. Ich lauf, wohin ich will,
und bin immer angekommen und wenn ich frag: wo? sag ich: hier!

Aber du darfst nicht auf dem Friedhof tanzen, Großvater, das schickt sich nicht.

Weißt du, was ewig ist, Kind?

Das weiß ich nicht. Aber unser Lehrer sagt, ewig haben immer Tyrannen geschrien im Augenblick, wo sie starben.

Ihr habt einen klugen Lehrer.

Ja, unser Lehrer ist klug. Darum ist er ja Lehrer.
Warum zittern deine Knie, Großvater? Vom Tanzen?

Gewiß, Kind, gewiß.

Du bist außer Atem. Stütz dich auf mich. Ich bin stark. Ich bin nicht so jung, wie ich ausseh. Ich bring dich in unser Haus.

Man wird mich fortjagen.

Wo denkst du hin, Großvater, wir jagen niemand fort.

Mädchen, was hast du für ein Gesicht!

Da ist nichts Besondres zu schaun, komm jetzt.

Wenn man nicht läuft, kommt man nicht an hier.

Was heißt das, Großvater?

Das ist ein Rätsel. Braucht ihr einen Schuster. Ich versteh' mich drauf.

Den können wir brauchen. Willst du noch arbeiten?

Ich will mir meinen Tod verdienen.

Wie du das sagst, ist schrecklich. Ich fürcht mich sonst nicht.

Du sollst dich nicht fürchten. Wenn du willst, mach ich für dich Schuhe.

Ja, aber ganz feste, daß ich darin gut laufen kann.

NACHWORT

Georg Maurer, selbst der Meinung, im Leben eines Künstlers finde weniger Umbruch als vielmehr Entfaltung statt, sähe sich, rückblickend auf seine Anfänge, auch heute noch in dieser Ansicht bestätigt. Übersieht man sein Werk, wobei vor allem das der Jahre von 1945 bis zu seinem Tode im Jahre 1971 das entscheidende ist, so begreift man, wie eine poetische Gestalt kaum Anlaß hätte, ihre bereits in jungen Jahren geäußerten Ansichten zu revidieren. Das mag überraschen, gilt doch gerade Georg Maurer als ein Dichter, der, wie kaum ein anderer, idealistische Positionen verließ, um in einer grundlegend neuen sozialen und politischen Wirklichkeit, der des Sozialismus, Fuß zu fassen. Obwohl er in der Vorrede zu den „Hymnen 1945" auf seine Anfänge verwies, indem er die Zäsur seines Lebens benannte, während der er sich in der Gefangenschaft im Zusammenstoß mit der Wirklichkeit als materielles Wesen erfuhr, vollzog sich seine weitere dichterische Entfaltung nicht in der Auseinandersetzung mit den unmittelbaren Bedingungen der Nachkriegszeit, sondern vielmehr in geradezu asketisch abgegrenzten geistigen Bereichen. Es verwundert heute kaum noch, daß beispielsweise der Versuch einer Reportage in Versen – „Reise durch die Republik" bzw. „Poetische Reise" (1952) – scheitern mußte, obwohl sich gerade in diesem Gelegenheitsgedicht Maurers Hinwendung zu einer neuen Realität begründete. Auch andere Vorstufen ähnlicher Art – so die Dichtung „Licht unter Tag" (1947) – sind heute nur als Versuche erwähnenswert, sozial determinierte Realität in eine erste Form zu gießen. Das Besondere in Maurers dichterischem Lebenslauf wird jedoch bereits durch seine Herkunft charakterisiert. Es scheint, der junge, in Leipzig lebende Student der Kunstgeschichte aus Siebenbürgen wäre für die Äußerlichkeiten, mit denen sich der Faschismus in den Vordergrund drängte, weniger anfällig gewesen als viele seiner „reichsdeutschen" Kommilitonen. Prosafragmente und Tagebuchaufzeichnungen aus den Kriegsjahren zeigen den Dichter in der Auseinandersetzung mit dem Humanum, das seine Kindheits-, Jugend- und Studienjahre bestimmt hatte. Mit den von der Idealität der deutschen Klassik, Mörikes und Rilkes getragenen Vorstellungen, die sich mit der Realität des Faschismus für Maurer nicht vereinbaren ließen, konnte der Dichter auch während der Nazizeit seine Auseinandersetzung mit den Problemen geistiger Existenz, wie er sie in Deutschland erfahren hatte, fortsetzen und bis in die Nachkriegsjahre hinein weiterführen. Im wesentlichen begriff sich der aus dem Krieg heimgekehrte Dichter wohl als einen Menschen, dem in den Nachkriegsjahren unter gewandelten und sich wandelnden gesellschaftlichen Verhältnissen die Chance eines Neuanfangs geboten wurde. Zu diesen bewußtseinsverändernden Erfahrungen gehört gewiß auch die geistige Neubelebung, von der die Kunst in der damaligen sowjetischen Besatzungszone erheblich profitierte, bis die Jahre des Personenkultes auch in der DDR Kunst und Kunstanschauungen vorübergehend verengten. Maurer, dessen historisches Denken sich in jenen Jahren dem Marxismus, besonders dem historischen Materialismus annäherte, indem er diesen – nach eigenen Aussagen – mit Kants kategorischem Imperativ in Übereinstimmung zu bringen suchte, stellte sich nach ersten, noch idealistischen Auseinandersetzungen in dem Zyklus „Selbstbildnis“ (1956) den politischen und kulturellen Erscheinungen, auf die er auch in Essays und Vorträgen immer wieder hingewiesen hat. Als Ansatzpunkt eines neuen, aus der vorübergehenden dogmatischen Erstarrung erwachenden poetischen Denkens lesen sich heute die Verse des Gedichts „Sturm“, in dem Maurer wie kaum ein anderer Dichter seiner Generation den Versuch unternahm, sich auch über enttäuschte Hoffnungen Rechenschaft zu geben. Die durch ein „aber“ eingeleiteten Schlußverse lassen erkennen, wie sehr es Maurer darauf ankam, ein durch seine geschichtlichen Erfahrungen erworbenes Prinzip Hoffnung walten zu lassen, um so der Überwindung des Status quo und damit auch einer historisch überständigen Vergangenheit Sprache zu geben. Noch vollzieht sich Maurers poetisches Denken in Antinomien: gegen das Bild der grünenden Reiser wird in diesem Gedicht das des Sturms und der Schlangen gesetzt; die gestiftete Lehre vom schöneren Leben gleicht der Sonne überm begrabenden Sturm. In seinem Aufsatz „Echte Maßstäbe aufstellen“ (1953) versuchte Maurer, Versen einen Platz über die bloße Tagesaktualität hinweg zu verschaffen, kann allerdings nicht verhindern, daß sein Gedicht „Der Schreitbagger“ über Jahrzehnte hinweg zu einer Quelle poetologischer Mißverständnisse wird, indem es in Schulbüchern und in Seminaren lediglich zur Geschichtsillustration dient. Maurer, der sich auch als Essayist immer wieder um eine Begriffsbestimmung des eigentlich Lyrischen bemühte, war alles andere als ein Lyriker, der sich lediglich dem politischen Gelegenheitsgedicht verpflichtet fühlte. Für ihn war Lyrik vor allem ein Medium weltanschaulicher Diskussion, wobei es ihm auf die Verbildlichung des Begriffs ankam. Obwohl viele Gedichte des „Dreistrophenkalenders“ auf Spaziergängen im Leipziger Rosental entstanden und so durch unmittelbare Begegnung mit Natur und Landschaft des Auenwaldes angeregt wurden, sind sie, wie fast immer bei ihm, nur aus dem Zusammenhang einer größeren weltanschaulichen Auseinandersetzung zu begreifen.

Blickt man auf die Gedichte und Zyklen Maurers, die am Ende seines Werkes stehen, und vergleicht sie mit jenen der fünfziger und sechziger Jahre, so glaubt man vor allem eine größere Transparenz wahrzunehmen. An Stelle der historisch und selbstdarstellerisch determinierten Rückblicke tritt eine Perspektive, die sich mit dem Endlichen und selbst mit dem über das Endliche Hinausgehenden beschäftigt. Es scheint, als hätte Maurer der in seinem Werk gestalteten individuellen, weltanschaulichen und welthistorischen Krisen bedurft, um sich als poetische Gestalt selbst immer wieder in seine Dichtungen einzubringen. Man spürt in einem Gedicht wie „Metaphysischer Augenblick“ (1963) die Vorwegnahme eines Weltgefühls, das sich bei aller Gebundenheit an Erfahrungen und Gegenständlichkeit doch auch schon an einer Sprache orientiert, die nicht ausschließlich von ihrem Gehalt her zu begreifen ist. Nicht allein der mitunter recht weit hergeholte Vergleich, wie noch in dem Gedicht „Sturm“, sondern das absolut ins Gedicht eintretende Ich, das souverän über sich verfügt, bestimmt die Sprache dieses Augenblicks, der Zusammenstöße und Leiden nicht mehr kennt. Maurer hat selbst den Maßstab mitbestimmt, mit dem sein lyrisches Werk zu messen ist: „Die Qualität des Lyrischen muß bei aller Erweiterung seiner Grenzen möglichst erhalten bleiben. Sie ist unmittelbar spürbar im Grad der Spannung, der wir ausgesetzt werden. Diese Spannung wird erreicht durch die radikale Erhebung jedes Besonderen ins Allgemeine. Es ist die spezifisch lyrische Verhaltensweise in der Welt. Das Subjekt ist von einem besonderen Gegenstand derart ergriffen, als wäre er alles." Nichts anderes meint Hegel, wenn er sagt, „der echt lyrische Dichter" brauche „nicht von äußeren Begebenheiten auszugehen, die er empfindungsreich erzählt, oder von sonstigen realen Umständen und Veranlassungen, die ihm zum Anstoß seines Ergusses werden, sondern er ist für sich eine subjektiv abgeschlossene Welt, so daß er die Anregung wie den Inhalt *in sich selber* suchen und deshalb bei den inneren Situationen, Zuständen, Begegnissen und Leidenschaften seines eigenen Herzens und Geistes stehenbleiben kann." Die dialektische Wendung, die Hegels Gedanke von der Lyrik als der subjektivsten Gattung bei Maurer erfährt, indem nicht schlechthin das Ich, sondern der Gegenstand, von dem das Subjekt ergriffen wird, im Zentrum der Poetologie steht, ist in Maurers spätem Werk unübersehbar. Mit dem Vers „Der Tod selbst löst sich im Gespräch" schließt ein kurz vor seinem Tod geschriebenes Gedicht. Neben der noch immer präsenten diskursiven Erörterung der Leib/Seele – Tod/Leben-Problematik zeigen Verse dieser Art innerhalb Maurers Werk, daß sich mit seiner Wende ins Immaterielle – die sich bereits mit einem Gedicht wie „Metaphysischer Augenblick" angekündigt hatte, mit dem der Dichter an Aufzeichnungen erinnert, die zur Hinterlassenschaft seiner Jugend gehören – auch eine Hinwendung zu einer Dichtart vollzogen hatte, die Gültigkeit beansprucht. Die poetische Gestalt des Dichters selbst präsentiert sich in seinen frühesten wie in seinen spätesten Gedichten als die einer Übergangszeit. Ausgehend von den Errungenschaften des freien Verses, wie ihn Rilke in den „Duineser Elegien" geprägt hatte, versuchte Maurer, sich über sein bisheriges Leben Rechenschaft zu geben. Der politische Impetus dieser Bilanz galt zunächst in den „Hymnen 1945" einem Bild Gottes, von dem Maurer sagt, daß er es vor dem Zugriff der ihn bedrängenden Gewalten zu retten suchte, „bis es außerhalb der Welt stand", die ihm geblieben war. Indem er im weiteren die Arbeit mit seinem

Gottesbegriff gleichsetzte, also Erfahrungen entsprechend der aus der Kriegsgefangenschaft und der Arbeit unter Tage gewonnenen Metapher „Licht unter Tag" in seine Lyrik transponierte, gewann er allmählich jene Freiheit im Umgang mit Gedanken und Dingen, die es ihm ermöglichte, die Dinge an sich zu Dingen für uns zu erklären. Dieser Prozeß führte zunächst zu einer immer größeren Gegenständlichkeit in seinen Zyklen, so daß er oft auf die Technik einer freilich im Sinn seines Lyrikbegriffs erweiterten lyrischen Reportage nicht verzichten konnte, was die Zyklen „Hochzeit der Meere" (1953/54) oder „Chinesische Landschaft" (1956/57) belegen. Durch diese Art der Aneignung geschichtlich gewachsener oder aktueller Realität gewann Maurer das innere Gleichgewicht, das es ihm ermöglichte, sich immer mehr einem Gedichttypus zu nähern, der „die Erhebung des Besonderen ins Allgemeine" selbst zum poetischen Gegenstand machte. Der Erörterung dieses Vorgangs hat Maurer viele seiner Gedichte gewidmet. Die komplizierte Situation, die er beispielsweise in dem Zyklus „Dichter und Materie" (1963/64) beschreibt, entspricht der, die bereits im ersten Gedicht des Zyklus thematisiert wird: der Widerspruch zwischen Geist und Materie, der zugleich deren unauflösbare Einheit symbolisiert, äußert sich in einer weit ausholenden Gedankendichtung, die ein für allemal heraufbeschwört, was sich als beherrschender Widerspruch durch das gesamte Werk Georg Maurers zieht. Das Thema selbst variiert sich in diesem Zyklus, um immer wieder auf das Untrennbare des Problempaares Subjekt – Materie zu sprechen zu kommen, nicht jedoch ohne dabei auf die Mitsprache der poetisch-konkreten Erfahrung zu verzichten, wie in der metaphorischen Wendung, die auf jene Praxis verweist, die für Maurers individuelle Überwindung eines idealistisch präformierten Weltbildes bedeutend war: „Ich such das tonnenschwere Sein der Eiche/mit einem Ruck mir auf die Schulter der Gedanken zu heben." So, wie sich hier Erfahrung versinnlicht und plastisch-anschauliche Gestalt gewinnt – ein Verfahren, auf das Maurer immer Wert gelegt hat und das auf seine Herkunft aus dem Bereich der beschreibenden Kunstwissenschaft hinweist und von Maurer selbst oft erwähnt wurde –, gelang es ihm auch in einzelnen Gedichten seines späteren Werkes, Szenen dramatische Akzente zu verleihen, die das von ihm selbst apostrophierte Lyrische besonders hervortreten ließen. Im Gegensatz zu anderen Lyrikern seiner Generation, die über vergleichbare Erfahrungen verfügten wie er, unternahm er den wohl allein dastehenden Versuch, sich als exemplarisch poetische Gestalt zu begreifen, als Gestalt, die ihren Gedichten im Sinne Brechts den „Wert von Dokumenten" verlieh. Die Bestimmung dessen, was das eigentlich Dichterische solcher Dokumente ist, läßt sich heute vermutlich erst ansatzweise ausmachen. Aber daß Maurer nicht schlechthin Gesellschafts- und Historienbilder schuf, wozu ihn seine enorme Bildung und Belesenheit hätte verführen können, sondern daß er mit zunehmender Erfahrung immer mehr zur Veranschaulichung selbst abstraktester Gedanken vordrang, belegen die „kleinen Gedichte", die er seinen „Gesprächen" voranstellte. Im Dialog mit der Natur und mit sich selbst schuf er ein Panorama poetischer Variabilitäten, die untereinander im Gespräch stehen. Nicht allein die Blitze, „die die Nacht öffnen", sondern vor allem die sich im Flug der Sirenen wiedererkennenden Menschen sind es, denen Maurer seine Stimme lieh. Sich selbst verstehend, gab er dem Lyrischen Ausdruck: dem, was die Menschen verführt und beherrscht, aber auch dem, was sie zum Verstehen der Phänomene benötigen, denen sie ausgeliefert sind. So ist auch der Tod für Maurer ein ständig vorhandener Bezugspunkt, der seinen Gedichten nicht nur Nachdenklichkeit, sondern sogar heitere Distanz verleiht. „So verstehen die Menschen – und spannen Gründe/in die Abgründe, in die sie fallen", formulierte er im „Flug der Sirenen". In den Sirenen sah er wohl, ähnlich wie im Engel der „Duineser Elegien" Rilkes, das dem Leben entgegengesetzte Bewußtsein. Die Einzelheiten, die Bilder und Metaphern, die seine Gedichte konstituieren, schufen Gebilde, deren Sprachkraft sich gegenüber dem Schrecklichen, das zu ertragen ist, hochgestimmt verhält. Damit erklärt sich vieles in Maurers reifen Dichtungen. Gerade der Aufklärer Maurer stellt sich in seinem Spätwerk immer wieder der Frage nach der Herkunft, dem Sinn und dem Ziel des Lebens. Keineswegs handelt es sich dabei um eine Art lyrischer Neuauflage der „Welträtsel". In wundervoller synästhetischer Vermischung gelangt er zu Bildern der

Erinnerung, die, wie in dem Gedicht „Knabenzeit“, unvergängliche Muster archetypischer Situationen evozieren:

> Das Mädchen schläft … Ich geh
> die Mondscheingasse auf und ab. Ihr Schlaf
> durchtränkt mich so, daß ich ihn wache, wie
> die dunklen Malven dort der ziehnde Mond
> mit ungeheurem Blut, fast schwarz, durchtränkt.

Nicht nur die Jamben Shakespeares in der Eindeutschung durch die Romantiker gewinnen hier noch einmal ihre sprachlichen Möglichkeiten – Maurer selbst scheint dem Zustand zwischen Traum und Wachen Plastizität verleihen zu können, indem er sich selbst „nur“ die Rolle von „Kern und Stern“ zuweist. Das Wesentliche, im Gedicht als Paradigma benannt, weist in diesen und anderen Versen über sich selbst hinaus, indem Situationen gleichnishafte Bedeutungen erlangen. Da das Bemühen des Dichters selbst zur Metapher wird, also die Situation des lyrischen Ichs „mitgedichtet“ wird, gelangt dieses Ich wieder zu sich selbst:

> Ein Knabe, übt ich
> lebend im Sarg zu liegen: Wie es sei,
> ungesehen zu leben.
> Ich dachte: Eine Blume am Felshang,
> dem steilen, den geht keiner hinauf, keiner
> hinunter. Sie blüht ungesehen.
> Den Menschen aber ist Tod,
> ungesehen zu sein.

In nahezu spruchdichtungsartiger Abrundung wird hier ein Bild vermittelt, das, indem es auf das Ich des Dichters zurückweist, auch den Riß zwischen Ich und Tod markiert. Maurer, der sich immer wieder als ein historisch bedingtes Individuum begriff und gestaltete, aber dem Jetzt, und sei dieses noch so ungenügend, einer ungewissen Zukunft gegenüber stets den Vorrang gab, sieht auch angesichts einer neuen, todesdrohenden welthistorischen Situation keinen Anlaß, eine Zukunft außerhalb der möglichen Perspektive der Menschheit zu postulieren. Ohnehin kein Utopist, glaubte er an die noch immer in seiner Arbeit waltende Hoffnung, die ihm, einen Gedanken Heisenbergs aufnehmend, nach einer Weltformel suchen ließ, die das Überleben der Menschheit in sich birgt. Gerade weil er in seiner Dichtung das Maß alles Möglichen markierte, findet er eine Formel für den Vorgang, der – bezogen auf jede Perspektive, sei diese persönlicher oder menschheitlicher Natur – jede Art von Zukunft in den Vers „Der Baum läuft nicht nach seinen Blüten“ einschließt. Aber nicht nur in derartigen, sich einem „Weltmodell“ annähernden Versen gibt sich Maurer, der nun an der Schwelle des Alters steht, über Erfolg oder Mißerfolg seines Wirkens Rechenschaft. Neu in dieser Phase ist auch ein Moment, in dem er mit nahezu surrealer Balance einem zwielichthaften Begehren Ausdruck verleiht. Dies geschieht in Gedichten, die, wie „Leda im Winter“, Situationen nachzeichnen, die sich wie Gegenbilder zu den in früheren Arbeiten angestrengten klassischen Überlieferungen ausnehmen. Dann wendet sich Maurer wieder umfangreicheren Dichtungen, seinen eigentlichen „Gesprächen“ zu. Er tritt in einen Dialog mit einem Gedanken aus der „Dialektik der Natur“ von Friedrich Engels, in dem dieser darauf hinweist, „daß wir keineswegs die Natur beherrschen ..., sondern daß wir mit Fleisch und Blut und Hirn ihr angehören und mitten in ihr stehen“. Noch einmal – 1966/67 – greift Maurer wieder zur Form des „Gelegenheitsgedichtes“, indem er den Kreis „Widerspiel“ schreibt. Auch er stellt im Grunde nichts anderes dar als lyrische Variationen zu diesem für Maurer immer gegenwärtigen Thema. Die poetische Idee als die Idee der Realisierung ihres Inhaltes formuliert er jetzt ganz aus dem Anlaß des Gedichts, mag dieser auch noch so geringfügig erscheinen. Damit hebt er die einst in den Dreistrophengedichten errungene heiter-materialistische Position auf eine neue Stufe. In der Szene des Gedichtes „Antike auf märkischem Sand“ durchläuft das Geschehen nicht nur die Kultur von Jahrhunderten und Jahrtausenden; im Bild erscheint die innere Situation des Lyrikers, dessen Erlebniswelt gleichnishaft aufleuchtet: konzentriert wie im Glanz des Leibs der Geliebten im eingeschalteten elektrischen Licht.

Mit derartigen Versinnlichungen kultureller und persönlicher Erfahrungen schuf sich Georg Maurer den Raum, der es ihm ermöglichte, abstrakte Erfahrungen in dichterischer Rede zusammenzuführen. Als sein Vermächtnis hinterließ er uns nicht nur sein theoretisches Credo, „nicht an ein Paradies, weder in der Vergangenheit noch in der Zukunft", zu glauben, sondern vielmehr an die „Kraft der Menschheit, der Natur und gegebenenfalls sich selber standzuhalten". In letzten Gedichten fand dieses Credo seine dichterische Entsprechung. Maurer wollte sich nicht von seinen vielfältigen kulturellen, geschichtlichen und philosophischen Bindungen lösen. Er war kein „Neutöner"; kein Dichter, der gegen die Tradition schrieb. Das Besondere seiner Leistung, auf die wir heute als seine Erben zurückblicken, besteht darin, seine aus Überlegungen gewonnenen Einsichten dichterisch umgesetzt zu haben. Die in den Versen „Wenn man Gedanken satt hat" bereits in den sechziger Jahren ausgesprochene widersprüchliche Einsicht in Abstraktes *und* Konkretes, die Maurers gesamtes Werk beherrscht, gab er auch in seinen letzten Gedichten noch einmal endgültig und unwiderruflich Gestalt. In einem die Szene beherrschenden komischen Dialog vermittelt er in einem dieser Gedichte mit dem Titel „Spätes Aufwachen" zwischen dem Ernst der letzten Stunde und dem sich über alle Trauer hinwegsetzenden Leben.

Mir geht's schlecht, schlecht geht's mir.
Von diesem Lager erheb ich mich nicht mehr. Vor acht Wochen
da war ich noch ein Kerl. – Aber vor acht Wochen
sagtest du auch, du wärest vor acht Wochen ein Kerl gewesen,
und du stürbst jetzt, wie heute. Was soll ich glauben? –
Alles, was ich sage. Ich spaß nicht. – Ich hol den Arzt. –
Bist du wahnsinnig? Was soll mir ein Arzt? Die Augen
kannst du mir zudrücken. – Sieh mich mal an. –
Meine Lider sind wie Blei. Ich mag kein Licht sehn,
das ist es ja. Wahrhaftig ich fürcht mich vorm Licht.

Ich könnt mich sterben sehn. Unerträglich. Ich wache lieber
mit geschlossenen Augen. Da kann ich mich konzentrieren.
Solang sich einer konzentriert, stirbt er nicht. –
Dann konzentrier dich. Ich mach währenddes das Essen. –
Aber wenn ich einschlafe und der Tod kommt?
Seit alters her waren sie Brüder und schieben sich gegenseitig
die Menschen zu. Infame Brüder. Richtige Verschwörer.
Ich will nicht schlafen. Dösen, ja! Da wird man wenigstens
nicht so überrascht. – Gut. Ich mach jetzt das Essen. –
Was gibt's denn? – Blumenkohl! – Gut, aber gebacken
und mit Bröseln. Da ist wenigstens noch eine Hoffnung.
Und schau nach Post. – Aber du kannst ja die Augen nicht öffnen. –
Du liest mir vor. Vielleicht schreibt mir einer,
daß ich ein Kerl war. Da stirbt sich's leichter. –
Du brauchst also keinen Blumenkohl mehr? – Was,
die eigne Frau läßt einen verhungern? O Welt, Welt.

Die Struktur der nachgelassenen Gedichte, Dialogform und prosanahe Diktion, unterstreicht die Tatsache, daß es Maurer unmöglich geworden war, in einer Zeit „Lyrik" zu schreiben, in der so vieles von dem, was noch vor einigen Jahren bündig auszudrücken schien, unsagbar geworden war. Dem inzwischen auch zum Klischee gewordenen Gedanken, Lyrik habe das Unsagbare sagbar zu machen, wird hier ebenfalls der Boden entzogen, indem Maurer nicht nur den eigenen Kanon erweitert. Nicht Sensationelles oder auch nur Überraschendes teilt sich mit; statt dessen wird unsere Konzentration auf eine Situation gelenkt, deren alltäglicher Charakter jenem metaphysischen Augenblick entspricht, dem der Dichter zwischen süßem Kern und Schalenresten stets seine Aufmerksamkeit gewidmet hat. So besteht Georg Maurers Hinterlassenschaft vor allem darin, uns solche Gedichte und Überlegungen geschenkt zu haben, die – wie er einmal selbst gesagt hat – „genau auf den Drehpunkt des Gedankens zeigen“, uns auf diese Weise vermittelnd, wie und was aus seinem Werk zu gewinnen sei. Hinter das Typoskript seines letzten Zyklus „Laufen“ setzte Georg Maurer handschriftlich folgende Notiz: „Ich schrieb dieses Gedicht aus der seit Jahren in mir wachsenden Allergie gegen das Wort Geist. In der üblichen Vorstellung ist dieser Begriff nicht mehr faßbar. Wird die Kybernetik ihn faßbar machen?“ – Maurers Gedichte sind von der ersten bis zur letzten Zeile Ausdruck eines durch Zweifel errungenen Selbstvertrauens. Wie kaum ein anderer Lyriker seiner Zeit hat er vermocht, den Beunruhigungen Ausdruck zu geben, die ihn, aber nicht nur ihn, zum Schreiben drängten.

Leipzig, September 1986 *Heinz Czechowski*

INHALT

RECHTSNACHWEIS

Die Gedichte entnahmen wir mit freundlicher Genehmigung des Mitteldeutschen Verlages Halle-Leipzig den Bänden „Gestalten der Liebe“ (1964), „Variationen“ (1965), „Gespräche“ (1967), „Kreise“ (1970) und „Erfahrene Welt“ (1972).
Die Rechte für die Gedichte „Gedanken um Gott“, „Variationen zu einer Chorstelle aus der ‚Antigonä‘ in Hölderlins Übertragung“ und „Laufen“ gehören Frau Eva Maurer, Leipzig.